特命見廻り
西郷隆盛

和田はつ子

時代小説文庫

角川春樹事務所

目次

第一話　牛鍋屋異聞

一

その部屋に蚊帳《かや》が吊《つ》られ、ヨモギの匂《にお》いがする蚊遣《かや》りが焚《た》かれている。蚊帳の中には真っ裸の大男がごろりと寝そべって、意外に器用な手つきで団扇《うちわ》を使っていた。

この大男が蚊に刺されることを常に嫌うのは、若い頃《ころ》、南方の蚊にやられて熱病に罹《かか》り、陰嚢《いんのう》が腫《は》れ上がったまま治《おさ》まらない後遺症に悩まされているゆえであった。褌《ふんどし》が窮屈なのも、馬に乗るのが苦労なのも、自身の持病が祟《たた》ってのことだった。

「吉之助《きちのすけ》さぁ、川路《かわじ》どんがおいでじゃっど」

障子の向こうで下僕の熊吉《くまきち》の声がした。

熊吉が口にした吉之助というのが西郷隆盛《さいごうたかもり》の本名である。隆盛は父の名であったのだが、賞典禄《しょうてんろく》の下賜《かし》の折の手違い以降、たいていの相手に西郷隆盛と呼ばれるようになっていた。西郷当人は吉之助の名を気に入っていて、熊吉のように長く苦楽を共にしてきた者に、西郷先生でも、南洲《なんしゅう》様でもなく、吉之助さぁと呼ばれると知らずと目が細められた。

「通してよか」

西郷は脱ぎ捨ててあった浴衣《ゆかた》を羽織った。この仕種《しぐさ》もやはり意外に素早い。

無口で知られている配下の川路利良《としよし》が入ってくると、

「そんしても暑かねえ」

西郷は自分の方から声をかけた。

「たしかに暑かですねえ」

川路はほっとした表情となり、手拭《てぬぐ》いで顔や首に噴《ふ》き出た汗を拭《ぬぐ》った。

西郷より六歳年下の川路利良は廃藩置県のために駆り出された西郷に薩摩《さつま》から同行してきていた。

庄内《しょうない》藩の反乱を穏便に収めた西郷は、戊辰《ぼしん》戦争（鳥羽《とば》・伏見《ふしみ》の戦いや奥羽越《おううえつ》列藩同盟との東北戦争、箱館《はこだて》戦争）の終結を見届けた後、薩摩に帰還して、念願の晴耕雨読の日々を過ごしていた。ところが、共に維新を実現させた後、中央政府の重職に就いている大久保利通《おおくぼとしみち》等の仲間たちに、早急に廃藩置県を実施するためにと、切に上京を乞《こ》われたのである。

廃藩置県では諸大名とその家臣たちの暮らしに大鉈《おおなた》を振るわなければならない。明治政府の要人たちは信望の厚い西郷を先頭に立たせなければ、この無理押しは不可能、そこかしこで内乱が起き、ただでさえ脆《もろ》い国力が無益に費やされると危惧《きぐ》したのである。

新しい国造りのために西郷は首を縦に振り、全責任を負う覚悟でこれを実現し、今は再び重職の身にあった。しかも、参議という誰《だれ》もが認める現政府の実質的な最高権力者の一人となっている。

「何か、困った事件は起きとらんか」

身を乗り出した西郷は心持ち声を潜《ひそ》めた。

もっとも、参議とは形ばかりで、およその決め事は仔細《しさい》なものと見なされて西郷には告げられずにいた。大西郷と崇《あが》め奉られてはいても、いわば蚊帳の外扱いである。

――たかが細事、されど細事じゃ。細事も積もれば大事になるし、これを疎《おろそ》かにすると肝心の大事が見えなくなる――

西郷の胸には、かつて共に倒幕を目指し、新時代の幕開けを担った仲間たちへの一抹《いちまつ》の不満があった。

西郷は川路を蚊帳の中に招き入れて話をしている。西郷は無口だが情報の収集力に長《た》けているこの川路を見込んで、市中で起きている事件を探らせていた。

「こんな間の押し込み同様、また、なんも起きとらんことになりそうです」

滅多に感情を表に出さない川路には珍しく顔を真っ赤にして憤怒《ふんぬ》の面持ちになった。

こん間の押し込みとは、夜中、盗賊《とうぞく》に日本橋の米屋が襲われて、三十人近い奉公人が主《あるじ》ともども斬《き》り殺された事件であった。

「東京になっちょらん前の江戸では、残酷《ざんこく》無比な盗賊を取り締まる火盗改《かとうあらた》めちゅう役目があって、それはそれは熱心に働いとったと聞いとります。こげん酷《ひど》い悪党らを野放しにしてる新政府はもっと酷い、こいなら徳川《とくがわ》様の方がずっとよかった、鬼平《おにへい》と呼ばれ、悪党たちに恐れられた火盗改めの長谷川平蔵《はせがわへいぞう》殿に、冥途《めいど》から戻《もど》ってきてもらいたいちゅう江戸者もおります。ですんで、今回のこいばっかしは新政府の誰かが、追わんといけん事件じゃと思います」

畳みかけるような物言いだった。

「話してくいやん」

西郷は大きく見開いた目で促した。

真剣味や緊張感が募《つの》ると、とかくこの男は目を瞠《みは》る癖がある。

「ここ一月ほどの間に、幾度も牛鍋《ぎゅうなべ》屋の厨《くりや》に人の五臓六腑《ごぞうろっぷ》が投げ込まれたそうです。前夜きちんとしまったはずの俎板《まないた》が引っ張り出され、その上に載っているのを奉公人が見つけたり、明け方、主が勝手口に人影を見た後、気がついたり。一軒じゃなくて、おいの調べたところじゃ、六軒を数えました。もっと多いかもしれません」

幕末の頃から流行《はや》りだした牛鍋屋は維新後さらに増えて、今では屋台を合わせると三百軒以上が店を構えていた。

「主が人影を見ている以上、その五臓六腑を投げ込んだのは幽霊《ゆうれい》じゃあなかと。そいでその五臓六腑の様子は？　新しかか？　古かかね？」

「牛肉売りも兼ねている商い柄《がら》もありましょうが、夏だというのに、臭みで気がついた者はおりません。中には、ほかほか湯気が立っているのが見えたという話もありもうした」

「そいやったら、刑死した罪人や病死した者たちの五臓六腑ではなか。生きている者を殺して奪《うば》ったもの、こいは殺しということになる。こげん無体なことをしでかす下手人は断じて許せん。捕まえなければならん」

西郷の太い両眉《りょうまゆ》が跳ね上がった。

「じゃっどん――」

「牛鍋屋の主たちは震え上がって、その筋に届けたはずだが――」

西郷の呟《つぶや》きに川路は黙ったままでいた。

維新後、奉行所役人の中には恭順《きょうじゅん》を嫌い、逃亡した者もいたが、多くは禄もそのままで引き続きお役目を果たしていた。しかし、二百石取りの与力はともかく同心は徐々《じょじょ》にその任を解かれたり、あるいは自ら辞して新しい生業を持つ者もいた。手下である岡《おか》っ引《ぴ》きに至ってはいわずもがなであった。

そんな状況では気合いの入った探索など行われるはずもなかった。

「政府はおいなど足元にも及ばない情報を握っているはずです。じゃっどん、こげんことが表沙汰《おもてざた》になって、御雇外国人たちの耳にも入り、本国に知れるのが恥ずかしいと考えて、臭い物に蓋《ふた》をしているんじゃと思います。五臓六腑を放《ほう》り込まれた牛鍋屋の主たちも、恐ろしさは一時で、かわら版屋に感づかれて書き立てられることで、商売へ影響がでることを案じて、届け出ない者もいるようですから、どうにもならんとです。こいじゃ、質《たち》の悪い奴らがのさばり放題です」

川路は憤怒を通り越して暗い表情になった。

「もうすぐ――」

言いかけて西郷は言葉を止めた。この冬には、旧薩摩藩の藩士二千人、旧他藩の藩士千人の計三千人が取締組（後の邏卒《らそつ》）になるはずだったが、彼らの仕事を知らされた時、西郷は愕然《がくぜん》としたのであった。

――あまりに西洋かぶれが目立つ取締りだ。喧嘩《けんか》や荷車の規制、飲食店での衛生注意、蓋のない肥桶《こえおけ》を担いではならない、裸または裸同然で歩くな、文明開化の象徴である常灯台を壊すな等の取締りはともかく、ろくにまだ往来に厠《かわや》が整っていないというのに、大人はもちろん、子どもであっても往来で大小便をさせるな等は理不尽すぎる。これだけが取締組の仕事だとすると、人々は守られているのではなく、西洋至上主義に取り締まられているだけではないか？――

すると川路は西郷の憤懣《ふんまん》を察したかのように、

「こいは聞いた話じゃっどん、一理はあるような気がするんで申し上げます。政府が、ただ事ではない牛鍋屋五臓六腑事件に蓋をしたのは、うちらのひえもんとりにも蓋をしたいからじゃと言うとる者もおります」

「ひえもんとり？　久々に耳にするなつかしか響きじゃ」

西郷の目がふっと笑った。

ひえもんとりとは薩摩武士としての胆力を鍛えるための訓練の一端であった。刑死体にこぞって群がり、刃物は一切使わず、武器は己の歯のみを用いて、皮膚や肉を嚙《か》み千切り、広げた傷口から手を差し入れて、一番早く胆囊《たんのう》を取り出したものが勝ちとなる競技である。

「新政府の重職は長州《ちょうしゅう》、土佐《とさ》、肥前《ひぜん》の者のほかは、おいも含めて薩摩人が占めとる。奴らは自分らの先祖が、ようやりよってきたことまで恥とするのか？」

西郷は口惜《くや》しそうに唇《くちびる》を嚙みしめた。

「山田浅右衛門《やまだあさえもん》家の大きな収入源だった、人胆丸《にんたんがん》の製造を政府が禁止したのは昨年のことです」

川路は人胆丸を引き合いに出した。

山田浅右衛門家は徳川の世で長きに渉《わた》って処刑と御様御用《おためしごよう》（名刀の試し斬り）を務めてきていて、刑死体から取り出す、肝臓や胆囊、胆汁《たんじゅう》等を原料とする人胆丸は、労咳《ろうがい》（結核）にさえも効き目があるとされる高価な万能薬であった。

――こいはやはり、何としてもやらんといかん――

「大事な収入源を失った山田浅右衛門家にこいを届けてくれ。〝ひえもんとりに先んじて、人胆丸が死んでしまって残念だ〟とおいが言うていたと伝えてな」

西郷は人胆丸への香典を包んで川路に手渡した。

川路が帰って行くと、西郷は熊吉を呼びつけ、この話を伝えた後、

「さて、老松屋《おいまつや》へ行ってみるとするか」

同道を促した。

「吉之助さぁが薩摩を発《た》つ時においに話してくれなさったあれかね？」

「じゃっど」

「薩摩や長州の雑兵どもの悪さの話は、こうやって吉之助さぁの世話で明け暮れてるおいの耳にも入ってくんだから、相当なもんじゃが。町中を歩いてると、必ず薩長の役人たちの悪口が聞こえる。悪くすると、薩長の人を人とも思わない連中の一団が料理屋でくだを巻いてたり、刀を抜いて往来を自慢げに練り歩いてる。素人女を追いかける見境のない者までいる。ったく、情けなかかね。吉之助さぁのたまらない気持ちはようわかる。おいも見苦しい薩摩もんに思われたくなくて、町中では話をしないことにした。おいで役に立つことなら、何でも言ってくいやんせ」

　声を震わせつつ熊吉は西郷の身支度を手伝った。

　従来夏は裸が大好きだった西郷も、さすがに外出時には緩く褌を締めて袴《はかま》と羽織を着けることにしていた。

二

　料理屋の老松屋は薩摩藩邸跡から遠くない場所にあった。江戸期の薩摩藩邸は蔵も含めて市中九カ所にあり、その一つでこの老松屋に近い江戸藩邸が、幕府と運命を共にしようとしていた、庄内藩や新徴組《しんちょうぐみ》によって焼き討ちの憂き目にあった。

　老松屋の方は薩摩藩邸からの飛び火もなく、今も商いを続けている。

夏の夕暮れ時は白いままの空が長く、それでも多少は暗くなってきている証《あかし》に、すでに老松屋の暖簾《のれん》の向こうには灯《あか》りが点《とも》っている。

この老松屋は維新前夜に西郷が密《ひそ》かに幕府の要人たちと会合を持った場所であった。奥には江戸湾に通じる水路があり、いざという時は小舟で逃げることができた。

そんな出来事はもう思い出になったが、今でもここは密談に都合のいい場所であった。

「そろそろ、おいでになる頃だと思っておりました」

女将《おかみ》のたかが微笑《ほほえ》んで迎えてくれた。

おたかの父親は薩摩の御用商人だったが、おたかが親戚筋《しんせきすじ》の老松屋へ嫁入りした後、流行病《はやりやまい》で母親や跡継ぎの弟ともども早世してしまった。縁者に恵まれないおたかは嫁ぎ先でも夫を早くに亡くしてしまっていて、女手一つでこの老松屋を切り盛りしていた。

おたかは三十路を過ぎた大年増ながら、細身で首はやや長め、黒の紗《しゃ》の単衣《ひとえ》を粋《いき》に着こなしている。間違っても玄人《くろうと》と見間違えられないのは、小作りに整った気品ある顔立ちと薄化粧ゆえであった。

「常のように」

西郷が下駄を脱いで後ろを振り返った。

熊吉は頭《こうべ》を垂れ背中を丸めたまま、おどおどした物腰で西郷が脱いだ下駄《げた》を下足番に渡すと、一間（約一・八メートル）は離れて主の後ろから廊下を歩いていく。

奥座敷に入っても、熊吉は隅《すみ》の方で身体《からだ》をこれ以上ないほど縮こませて這《は》いつくばるようにして座っている。

おたかが、風鈴が描かれている涼しげな団扇を載せた盆を運んできた。

「風が止《や》んでまた一層蒸し暑くなりましたねえ」

おたかは優雅な物腰で団扇を二人に渡し終えたところで、

「そうそう、これを言付かっておりました」

さりげなく胸元から文を出して西郷に渡した。

文には以下のようにあった。


〝勝てば官軍〟の新政府に雇われて、今じゃおいらも、徳川との橋渡し役ってことで、駿府《すんぷ》（静岡）と東京を行き来してる。

おいらは昔、あんたがここで食わせてくれた薩摩の鯛《たい》料理に病みつきでさ、家の者に作らせてはみるんだが、どっか、味が違う、切れがねえんだよな。

それで東京へ出てくると、ここへはよく足を向ける。徳川なんていう大きな神輿《みこし》に乗らされてた時は、いつひっくり返されて地べたに叩《たた》きつけられ、押《お》っ死《ち》んじまうんじゃねえかって、びくびくしてたんだが、今はいいぜ。身も心も軽ーい、軽ーい。ふわふわしてていい気持ちさ。

そんなおいらに比べて、あんたはさぞかし重いだろうねえ。あの時の重さがずーっと続いてるんだろうからさ。当たり前だけど、目方のことを言ってるんじゃないぜ、心がってことだよ。

　ここのさつま砂糖漬鯛で昼間っから一杯やってたら、そのままここですやすや寝ちまって、起きたら、夕方だ。

　暗くなんねえうちに旅籠《はたご》に帰らねえとな。

　元幕臣の中には、お江戸を薩長がえばり散らす酷い東京にしたのは、おいらがあんたと話して、江戸城を明け渡したからだなんて言ってる奴がいてさ、駿府でも東京でも道を歩いてて、時折、誰かが尾行《つけ》てくる気配を感じてる。

　これから人気絶頂のあの三遊亭円朝《さんゆうていえんちょう》が、五日もかけて幽霊噺《ばなし》を噺《はな》す茅場町《かやばちょう》の寄席《よせ》まで行く。今夜は幽霊に取り憑《つ》かれた大悪党が、因果応報になっちまって、こちとらの胸がすく噺の結末の日だ。

　茅場町までは暗い道もあってさ、正直、命は惜しいよ、でも円朝の幽霊噺も聞き逃したくない。

　なもんだから、今日あたり、ここであんたと会えそうな気がしてならなかったが、失礼するよ。

　きっとまた近いうちに会えるだろ。

　それまであんたも命を大事にしてくれや。

　お互い命あってこそ会えるんだからさ。

安《やす》

吉へ

西郷がこの文を読んでいる間に、おたかは濃く入れた冷茶の入った薬罐《やかん》と酒、各々の盃《さかずき》、蓋付きの小瓶《こがめ》に入ったさつま砂糖漬鯛を運んできてすぐに部屋から下がった。

「熊吉、もうよかよ。いつものように。もう、誰もこん」

促された熊吉は置かれた膳《ぜん》を持って立ち上がると西郷と向かい合って座った。

小柄で痩《や》せ型、やや猫背気味の熊吉は、名前に似ず、顔こそ四角い下駄のように大きかったが、眉《まゆ》が薄く目鼻立ちの彫りも浅かった。薩摩隼人《はやと》の典型のように称される西郷とは対照的な風貌《ふうぼう》の持ち主であった。並んでいると年下の熊吉の方が、個性的な童顔の西郷より五つ、六つ老けても見えた。

そんな二人ではあったが、昔からこうして二人だけになると、互いに主従の関係を取り払った関係を続けてきた。

「勝《かっ》さぁからの文じゃ」

西郷は読み終えた文を熊吉に渡した。

すぐに読み終えた熊吉は、

「あの勝先生らしかですねえ」

ふふっと屈託なく笑ってみせた。我こそが吉之助さぁ、大西郷の一の子分であるという、自信と誇りのなせる笑いであった。

ちなみに勝先生とは、西郷と共に江戸城無血開城という前代未聞の偉業を遂げ、後に語り継がれるようになった勝海舟《かいしゅう》のことであった。

勝は旧幕府時代は安房守《あわのかみ》に任官されていたので勝安房と名乗っていて、維新後は安芳《やすよし》と名乗っていた。海舟は号である。

「なつかしかよ」

西郷は目を瞬《しばた》かせた。

「あん時の話を他の連中が知っても、信じないかもしれません」

普段の熊吉は表情が乏しく、字が読めるかどうかも危ぶまれる様子をつくっているが、実は役者のようにころころと顔の様子を変えられる特技がある上、読み書きは達者で西郷を真似《まね》て、そこそこ東京弁を話すこともできた。

熊吉の間者《かんじゃ》（諜報者《ちようほうしゃ》）にだってなれそうなこうした努力は、全て人生無二の主である西郷の役に立つためであった。

「あん時ねえ――」

思わず西郷はぷっと吹き出した。

「まさか、あん場面で吉之助さぁと勝先生が蚊の話で盛り上がっとったとは、誰《だ》あれも思やせんでしょう？」

「勝さぁと初めてここで会った時の言葉は、〝気になるねえ、あんたのそのふぐり（陰嚢《いんのう》）、大男の大ふぐりだって、人づてに聞いてて、ずっとお目にぶら下がりたかったんだよ〟だった。〝ふぐりがあれほどになるってぇと、あれの時は不自由じゃないのかい？〟なんてことも言ってて、かなり真剣な目ぇしとったな。勝さぁも子供の頃、野犬にふぐりをば噛まれて生死の境を彷徨《さまよ》ったことがあるっちゅう話じゃから、人一倍気になったんじゃろうな」

「面白か人ですよ」

「そん後、江戸城の明け渡しの前に会ったのは、春じゃったが、この年は春なのに夏んごと暑い日が続いて、東京も蚊が多かった。庭いじりをしてて、ふぐりをやぶ蚊に刺されたとかで、勝さぁはおいのようになっては困ると案じてた。そん時の目は初対面の時にも増して必死でごわした」

西郷はまた笑った。

「そこで吉之助さぁは、〝ふぐりが腫れるのは、たしかに蚊のせいじゃけども、大事な男のそこを刺されて腫れるのと、おいのとは違う、南の島で蚊から移った熱病の挙げ句じゃ、島の者たちが言うとったことじゃから、安心しやんせ〟と話しなさった」

「それから、江戸の蚊も南の島の蚊のように、刺されるとふぐりの腫れる熱病の因《もと》になるものなのかどうかの話になって、たいそう盛り上がった。蚊に刺されて、大ふぐり持ちになった話は、今まで、江戸では聞いたことがないと言いつつも不安そうで、おいは〝そいやったら、お江戸の見世物小屋の大ふぐり男は皆、南の島から来たんですか？〟などと言ってからかった。江戸の町の代わりに炎上したのは蚊の話だったたっちゅうこっちゃ」

「江戸を戦火に巻き込まずに、徳川から新政府に渡す話は、とっくの昔にお二人の間で取り決めてあったんじゃから、改めて話すこともなかったんじゃろ」

そう洩《も》らしつつ、熊吉は首を巡らせて、十二畳ほどの広さの奥座敷の壁をぐるりと見回した。

「ここで幾つもの命が救われたんじゃ」

西郷は感慨深く呟き、熊吉は大きく頷《うなず》いた。

――倒幕には味方も敵も沢山の血が流れて多くの尊い命が失われた。何としても、落とさなくて済む命の数を増やしたいという思いは、おいも勝さぁも同じじゃった――

下戸《げこ》の西郷は酒代わりの濃く入れた冷茶を、イケる口の熊吉は酒を、それぞれ何杯か酌《く》み交《か》わした。肴《さかな》と茶請けは勝も好むさつま砂糖漬鯛である。

鯛の身が飴《あめ》色に透き通っている様子が、最高級の焼酎《しょうちゅう》の色を思わせて何ともそそられる。この肴とも菓子ともつかないさつま砂糖漬鯛は、酒にも茶にも合う絶品で、西郷も勝同様、家でも作ってみようと思いついて、おたかに訊《き》いてみたことがあった。

「簡単ですよ。鯛のサクを風通しの良いところで干します。その後、薄く切って一晩味噌《みそ》漬《づ》けにするんです。その後、鯛を取りだし、砂糖をまぶします。砂糖をまんべんなくまぶすには、指で押さえつつ、少しずつまぶしていくことです。盆の上にあけた砂糖に鯛を潜《くぐ》らせるのでは、ムラができてしまい、上手にまぶせません。まぶし終えたら、蓋付きの口の広い容《い》れ物《もの》に詰めます。くれぐれも残った砂糖まで入れては駄目ですよ、鯛の旨味《うまみ》とほどよい量の砂糖の甘さが醸《かも》し出す、絶妙とも言えるせっかくの風味が損なわれます。涼しいところに置いておけば、冬場は一月、夏でも十日は持ちます。召し上がりたい時に召し上がってください」

おたかは丁寧《ていねい》に教えてくれた。

西郷は煮炊きができて、舌も肥えている熊吉に、早速拵《こしら》えさせてはみたものの、出来上がったさつま砂糖漬鯛はやたらと砂糖の甘味ばかりが際立ってしまっていた。

三

熊吉は西郷の問いに、おたかの注意をきかずに、用意した砂糖を全部、鯛と一緒に詰めたと白状した。

「世に薩摩名産は砂糖だといわれているが、おいが口に出来たのは吉之助さぁに付いて薩摩を出てからでごわす。小作の農民と変わらねえ、掘っ立て小屋に毛のへえた家で生まれて育った身には、甘《あめ》えもんときたら唐芋《からいも》だけで、それでも口に入れば上々でした。サトウキビから手間ひまかけてつくる砂糖なんぞ、もう高嶺《たかね》も高嶺、お姫様でごわしたよ。そんなお姫様を無下にはできもすか？　できもはん、できもはん」

最後の二言は泣いているようにさえ聞こえて、

「よか、よか。おはんの気持ち、おいにもようわかる。おいとて、薩摩にいる頃、あんように美味《うま》いさつま砂糖漬鯛を食うたことはなか。きっとさつま砂糖漬鯛なんちゅう美味は城中で作られて、島津公が召し上がっていらっしゃったに違いなか。恐れ多いし有り難すぎるが、これからは老松屋で時々楽しませてもらっそ、それでよか」

以後、西郷は熊吉にこのさつま砂糖漬鯛を作れと言わなくなった。

老松屋でしか味わえないさつま砂糖漬鯛の絶品を味わい終えたところで、

「さて、そろそろ、おいが薩摩を発つ時、おはんにした話を蒸し返すぞ」

西郷は切り出し、熊吉は背筋を伸ばして居住まいを正した。

「吉之助さぁだけの取締組を設けるちゅう話でごわしたな」

「新政府は髷《まげ》を切って洋服を着ろだの、築地《つきじ》に建てたホテルっちゅう西洋旅籠で西洋料理を食えだのと、とかく西洋にかぶれることに腐心しとる。西洋のよかところを取り容れて真似るのもよかが、民の日々の暮らしとおいたちの足元が見えんようにまで浮かれては度が過ぎる。このまま、同心や岡っ引き同様に取締組が府中を見廻《みまわ》っても、外国人の目だけに拘《こだわ》った上っ面の役目では、悪事を厳しく取り締まることなど出来もはん。おいは東京の薩長人の狼藉《ろうぜき》ぶりを耳にして、皆が枕《まくら》を高くして眠れるような取締りの役目が、早急に要ると思うようになった。牛鍋屋に五臓六腑が放り込まれたが、事件と見なされずに立ち消えそうだと川路から聞いて、もうこれ以上は見過ごせない、今こそ取締組の立ち上げの時じゃと思った」

西郷は静かに話し続けた。

「その取締組の片腕は川路どんでごわすな」

熊吉はそう信じて疑わなかったが、

「いんや」

西郷はあっさりと首を横に振った。

「川路は新政府に出仕している身だ。秘しての動きは今が限界ちゅうもんだ。おはんとのこうした話を知っても、新政府との間に入って気を磨《す》り減らすだけじゃ。それに何より川路はおはんの半分も東京弁がしゃべれん」

「ま、まさか――」

熊吉は右手の人差し指を自分の顔に向けてゆっくりと動かした。

すると西郷はうん、うんと頷いて、にっこりと笑った。

「いよいよ、おはんの出番じゃっど」

「吉之助さぁ」

叫ぶようにその名を口にした熊吉は、はらはらと感涙しつつも、

「じゃっどん、おいの東京弁は吉之助さぁとどっこいどっこいじゃ。薩摩弁はえれえ癖がきついから、すぐに薩摩者と相手にわかる。薩摩者は東京中の嫌われ者じゃ。おいが訊いても、応《こた》えてくれないか、逃げ出すかで、まずまともな返事など返ってきやせん。おいに調べはできもはんよ。おいは日頃から、吉之助さぁのお役に立つ立つと念仏のように唱えてるっちゅうのに、いざとなるとこんな始末なんか――口惜しい、情けねえ」

知らずと深く項垂《うなだ》れていた。

「おいは何もおはんに東京中を調べ歩けなどと言うてはおらん」

明るい口調で西郷は熊吉に頭を上げさせた。

「おはんの許に犬の世話をする書生を何人か預けてあいもすやろ？」

犬好きな西郷は何匹も犬を飼っていて、世話をするための若者たちを住み込ませていた。何人かは薩摩から連れてきた者たちであった。

とはいえ、住み込ませる条件は犬好きであることなので、西郷が甘やかしている犬たちの中には結構な我儘《わがまま》ものもいて、人が犬に選ばれることとなった。新しく飼われた犬との相性がどうしても合わず、無念にも故郷薩摩へ帰らざるを得ない者もいた。

「あの中から調べに向いている者を選んでほしい。若い衆がその気になれば東京弁にも早く馴染《なじ》むじゃろう」

「おいが選ぶんで？　吉之助さぁではないんで？」

熊吉は困惑している。

「どんな者がこの役目に向いているかは、おいの真の片腕であるおはんならわかっとるはずじゃろうが」

おいの真の片腕とまで言われたとたん、あまりのうれしさでかあーっと熱くなった熊吉の頭の中に、これぞという逸材が浮かんだ。

「わかりもしたっ」

勢いよく返事を返すと、

「今すぐ、向いている奴の話をしてよかとですか？」

西郷が頷くのを待って告げた。

「名は田中作二郎《たなかさくじろう》と言います」

「農家の出か？」

薩摩にいた若い頃、農政の下っ端役人だった西郷は、農業や農民に共感を覚えていて、自らも土地を耕すことが好きであった。

維新後、平民も苗字《みようじ》を持ってもよいとの太政官令が布告されていた。従来の藤原《ふじわら》や武者《むしや》小路《こうじ》等小路のつく苗字が公家出を示している一方、新しく苗字を持った農民には田中を名乗る者が多かった。

「そげん当人は言うとりましたが――」

「ちごのか？」

「無愛想で滅多に仲間たちともしゃべらず、薩摩弁は片言です」

「そいなら、薩摩生まれではなかとか？」

犬の世話には結構人手が必要であった。書生に欠員ができると、熊吉が出入りしている商人たちに頼んで、東京で書生を探してもらうのだが、結局、集まってくる若者たちの多くが、無条件に西郷を大師《たいし》と仰ぐ薩摩出であった。

「おいはそう睨《にら》っちょっけど、当人に訊いたことはなかとです。仲間には近郊の農家の出だと言うとるんだとか」

「訊けん理由は？」

「朝早くから夜遅くまで、書生の誰よりもよく働きよるからです。たいていの者たちは吉之助さぁの犬の世話ばしとればよかと思うてるようですが、作二郎は違います。とにかく熱心です。むろん、犬の世話もしとりますが、庭木の世話から雨戸の開け閉めまで、休む暇なく身体を動かしとります。今更、嘘《うそ》を暴いたところで何の得もありゃせんじゃっど――」

熊吉はそこでふうと浅いため息をついた。

「御一新前、農民が武士だと偽って見栄《みえ》を張る話はよく耳にした。商人が御家人株や同心株を買ったという話も聞いている。じゃっどん、どうして今、その若者はそんな嘘をつくのじゃろう？」

西郷は首を傾《かし》げた。

「田中作二郎は犬を手なずけるのも上手《うま》く、吉之助さぁの犬の中でも、きかん気一番のゴン助の散歩係です。ある日、おいは作二郎に曳《ひ》かれて散歩しとったゴン助が、反対の方からやってきた、やはりきかん気らしい他所《よそ》の犬に飛び掛かられるところを見ました。作二郎がゴン助を庇《かば》おうとして、他所の犬の前に立ちはだかったのと、躱《かわ》して事なきを得たのはほとんど一瞬のことでした。おいの剣術はたしなみほどですけんど、それでも多少はわかります。刀の重みで左の腰が低く据《す》わっている、田中の後ろ姿が気になってはいましたが、あん動きは剣術の極意を極めた者にしかできんもんです」

「そん若者は元武士だったちゅうわけか。ところで訛《なま》りは?」

「おいにはわかりもはん。じゃっどん、間違いなかとです。結構な身分や腕前を隠して農民出のふりをして昼夜を問わず働き、片言の薩摩弁を使うのは、ここに務めていて、いつかは吉之助さぁに認めて貰《もら》いたい一心なんじゃと思います。たいした野心家でごわす」

「御一新で浮上して中央に君臨して以来、すったい腐ってしもうた薩摩者が失いつつある気概《きがい》じゃっど。よか、その男に明日にでも会《お》うてみよう。おいは女将に頼んで明日もここにおるから、田中作二郎を呼んでたもっせ」

「お言いつけ通りに。ただし、おいも同席させていただきます。吉之助さぁの命を狙《ねら》う奴をたいした野心家だと、おいが見誤っていては大変でごわすから」

警戒心の強い熊吉は不安そうな面持ちで頷いた。

――もしもの時はこのおいが楯《たて》になって、吉之助さぁの命を守りきる――

翌日の昼過ぎ、熊吉に伴われて老松屋の暖簾を潜り、奥座敷に座った田中作二郎に、西郷はずばりと訊いた。

大きく見開いた、怖いような目で相手を見据えている。

「熊吉が案じとったが、田中作二郎ちゅう名は本当の名か?」

すると小柄ながら筋肉質で、全身の逞《たくま》しさを小袖《こそで》と袴に覆わせている二十歳ほどの若者は、

「田中作二郎ではいけませんか?」

落ち着いた低い声で返してきた。声の調子は流暢《りゅうちょう》な東京弁であった。

――驚いた、何と江戸の元武士のようだ――

「おはんが武士なら姓も名も、先祖や親から貰った大事なものじゃろう？」

「それも道理ですが、御一新になった世に、姓も名も身分もたいして意味はなかろうと思いまして、咄嗟《とっさ》に農民の倅《せがれ》だと偽《いつわ》りました。薩長が今太閤《いまたいこう》の御時世、貧乏御家人の跡取りに生まれても、もはや何の役にも立ちません。それゆえ、思いきって生まれも育ちも忘れることにしたのです。これからも苗字は田中、名は作二郎と名乗っていくつもりです。それを許さぬとおっしゃるならば、出世奉公のつもりで薩摩弁まで囓《かじ》っておりましたが、お暇をいただくしかありません」

田中は陽《ひ》によく焼けている、真っ黒な顔の剣のように鋭い切れ長の目で、じっと西郷を見据《みす》え返した。

四

――こげんふうにこの田中が長く話をするのを聞いたのは初めてじゃ――

熊吉は相手にやや圧せられるのを感じて、

「書生の分際で旦那《だんな》様に対し言葉がすぎる」

淀《よど》みのない東京弁で咎《とが》めたが、

「おはんは素直でよろしい」

西郷は顔中を笑いで満たした。

「恐れ入ります」

田中は額から噴き出して流れている、冷や汗の混じった汗が目に入ったのだろう、塩気で痛むらしい目を、ごしごしこすった。

「一つ、最後に訊きたいこっがある。猟犬用の薩摩犬だったゴン助は、並みでは言うことをきかず、皆、世話をするのに苦労しておる。おまんさ、どげんして手なずけた？」

西郷は笑みを消さずに興味津々《しんしん》に訊いた。

「ゴン助の心になりました」

田中はさらりと応えた。

「たしかに犬にも心はあっとね」

「気の荒い猟犬に甘やかしや媚《こ》びへつらいは不要と見なしました。そして、自分は主西郷先生の代理で世話をしている、ゆえに西郷先生が世話をしているのと同じだと、何度も繰り返して聞かせました。ゴン助は強い主をもとめているはずだと確信したからです」

「ゴン助も心の友ができて喜んでいるじゃろ」

ここで西郷は熊吉に顎《あご》をしゃくり、目配せして先に下がらせた。

田中と二人になった。

西郷は前々から考えていた、自分直属の取締組を結成し東京府中で起きている事件の究明に乗り出す計画を話し、力を貸してほしいと頼んだ。

聞いた田中は、

「新政府が目をつぶる事件の筆頭は、狙《ねら》って襲った店の者を皆殺しにする、押し込みの数々でしょう？」

目を光らせて身を乗り出した。

「それもある」

「薩長土肥《どひ》中心の新政府が一向にこうした事件を取り締まろうとしないのは、何を隠そう薩長土肥の輩《やから》の仕業かもしれないからだという、もっぱらの噂《うわさ》です。御一新に漕《こ》ぎ着けるまでには、あちこちで内乱があり、そのたびに戦場近くの民は物を盗まれたり、家を焼かれたり、妻女を嬲《なぶ》り者にされたり、果ては殺されたり等、さんざん奴らに嬲られた。奴らからしてみれば、行きがけの駄賃《だちん》ぐらいにしか考えていなくて別段、良心に呵責《かしやく》を感じていない、だから事件の首謀者は薩長土肥の輩に決まっていると言うのです」

「そこまで言われとっとか――、こりゃあ、ひえもんとりとて、どう言われとるかわからん」

今度は西郷が顔一面に噴き出た冷や汗を広げた大きな手で拭った。

「ひえもんとり？」

田中は首を傾《かし》げた。

西郷はひえもんとりという古くから続く、特殊な鍛錬が薩摩隼人にはあることを語り、それゆえに、牛鍋屋何軒かに投げ込まれた人の五臓六腑の事件を新政府が追及しかねているようだと話した。

「その話をくわしく聞かせていただけませんか」

田中は興味津々で聞き終えると、

「気になるのは殺されて内臓を抜かれた骸《むくろ》です。事件と見なされていないとなると、骸は見つかっているわけもありませんよね？　お話によるとその五臓六腑は湯気を上げているものがあったほど、新しかったのでしょう？　骸も近くにあったはずだと思います」

きっぱりと言い切った。

「おはんにその骸探しをしてもらいたい」

「承知いたしました」

「それと確かめておきたいことがある。おはんは政府がわざと蓋をしておる、押し込みや牛鍋屋に起きた怪事件の下手人の正体をどんように思うとる？」

「わたしは皆が話していることの全部を信じているわけではありません。所詮《しょせん》、風評だからです。ですから、押し込みについては、府中の薩長嫌いが思い込んでいるように、薩長の仕業だとは言い切れないと思っています。また、今聞いたばかりの、人の五臓六腑が牛鍋屋に放り込まれた事件についても、ひえもんとりの風習がある薩摩への嫌がらせとも決めつけられません。この目で見て、この耳で聞いたことしか、真とは見なすことなどできません」

「ならばよか。おいもおはんと同じ考えじゃ。風評など事実の表側にすぎんもんだと思うとる。真実の胆《きも》を摑《つか》まんと、民のためにもこの国のためにもならん。しっかい頑張って、おいに本物の真実を教えてくれ」

「はいっ」

田中は渾身《こんしん》の力を込めて勢いよく返事をした。

「東京府中は広い。骸が棄てられたり、埋められておる場所を探すのは難儀なことじゃ。正直、どうしたもんか、見当もつかん。要り用な助けは惜しまんゆえ、遠慮無く言うてくいやんせ」

「わたしは江戸者です。手習いや道場に通っていた頃の友人たちの他にも、大勢知り合いがおります。何とかなります」

田中はやや力み、

「西郷先生御直々に下された有り難きお役目、しかと全ういたします」

畳に両手をついて、深々と頭を垂れた。

「それは頼もしかね」

西郷は微笑みながら、奥座敷を出て行く相手を見送った。

この後、廊下で待っていた熊吉が戻ってきた。

「さすが熊吉だ、おいのためによか男を見つけてくれた」

西郷は熊吉に礼を言った。

「あれでよかでしたか？」

田中を勧めた時こそ、吉之助さぁの役に立つのは、自分の他にはこの男だという自信があったが、いざ、決まってみると、

——貧乏御家人の嫡男《ちゃくなん》ちゅうたな？　薩長を成り上がりの太閤様に例《たと》えもした。おいの大事な吉之助さあに仇《あだ》するもんの仲間ではなかろか？——

多少は感じていた不安がむくむくと入道雲のように熊吉の心を覆った。

「熊吉、どうした？　顔色が悪うなっとるぞ」

「実はいくら吉之助さぁの頼みでも、出過ぎた真似をしたと後悔しちょっとです」

見せている顔と腹の裡《うち》を演じ分けるのが得意でたいした役者ぶりの熊吉も、西郷の前では本心を隠せなかった。

「おいが田中作二郎を近づけたら、討たれるとでも思うとね？」

「何せ、東京もんの御家人の倅じゃって。ほんの少し前は徳川方で、吉之助さぁたちとは敵味方でごわっしょ？」

「そんなことはなか」

西郷はふわふわと笑って、

「御一新になる時、徳川と生き死にを共にしちょったもんらが、今でも、一人残らずおいたちに弓を引いとるなんてことはあいもはん。真面目《まじめ》に暮らしとる民を脅かしとる悪党は、敵だったもんにも、味方だと信じてきたもんの中にもいるはずじゃ。その手の悪党を、やれ徳川だ、薩長だと色分けできる道理もなか。勝さぁが徳川の陸軍総裁だったこっつぉ、

思い出してくれ、なあ」

　同意をもとめて熊吉を頷かせ、

「あの田中は正直者じゃ。腹に一物あるもんはあげんぽんぽん本音も言わんもんじゃ。本当の出自やゴン助との話、薩長への風当たりについて聞かせてくれて安心した。おはんから聞いた通り、農民の倅だと言い通していたら、まず、取締組には誘わなかった。おいもまだ命は惜しい。やらにゃあならんことが沢山あるからな。今はやっと政の動乱が片付いたのはいいが、勝ったもんが全《すべ》てちゅう思い込みで人の心が荒れとる。これを糺《ただ》して、人の世のあるべき正義が見直されなきゃあならん時だとおいは思う。それには、まずは非道極まる悪党たちを取り締まって、世に広く正義を知らしめることじゃ――」

　ぱんぱんと両手を打ち合わせた。

　ほどなく、おたかが井戸で冷たく冷やした西瓜《すいか》を長三角に切り揃《そろ》えて、大きな盆に載せて運んできた。

　西瓜は西郷の大好物の一つであった。なつかしい故郷の味である。

「おたかさぁ、今日はあれはまだ残っちょるか？」

　西郷は残っていなかったらどうしようという、子どもじみた懸念を童顔に貼《は》りつかせて恐る恐る訊いた。

「はいはい、ございますよ」

　笑顔のおたかは、

「この間は店に作り置きがなく申しわけございませんでした。さつま砂糖漬鯛同様、日持ちのするものなので、この間、西郷先生から沢山お届けいただいた、日本橋は千疋屋《せんびきや》の西瓜で西瓜糖を作り溜《た》めることができました。どのくらい御入り用でしょう？」

「三人分」

「今すぐお包みいたします」

「頼んもす」

「拵《こしら》え方も書いて一緒にお渡しいたします」

西瓜糖の拵え方

西瓜の種を丁寧に除いて、白砂糖を加えて煮詰め、篩《ふるい》で軽く漉《こ》すと、どろりとした西瓜糖になります。蓋付きの器に入れて井戸水で冷やすと、日持ちします。これを飲むと夏負けに効があると言われています。また、搾《しぼ》った生姜《しょうが》を加えて飲んだり、井戸水、焼酎で割って飲んでも美味です。


と達筆で書かれた紙と西瓜糖の入った三つの小瓶が風呂敷《ふろしき》に包まれた。

帰り道、三人分の西瓜糖が包まれた風呂敷を抱え持っている熊吉に、

「西瓜糖はおいとおはんの分と、あと一人分は田中じゃ。おはんが渡してやってくれんか。

おいの取締組は大変な仕事になる。府中を調べ回る根気だけでなしに、人並み外れた知力の閃《ひらめ》きも要る。その点、西瓜糖の甘味はここにいいような気いすっでな」

西郷は自身の頭をぽかりと殴って見せて、

「そいから、田中の住むところを日本橋あたりに探してやってくれ。おいのとこの住み込みのままでは、何かと仕事がしにくかろうから。よろしく頼んもす、熊吉」

浅く頭を下げた。

五

西郷直属の取締組に取り立てられることになった田中作二郎は、背中に背負える行李《こうり》一つの引っ越しを終えて、日本橋堀留町《ほりどめちょう》の長屋で暮らし始めていた。

「何かと仕舞屋《しもたや》は目立つが、大勢が肩を寄せ合っている長屋住まいともなれば、おはんなど森の中の木よ。元は江戸だった東京の長屋は、絆《きずな》が密で情に厚くなかなかの住み心地のようじゃって、安心しておられると」

田中は熊吉にそう告げられ、わりに潤沢《じゅんたく》な支度金と西瓜糖の入った小瓶、人の五臓六腑が牛鍋屋に放り込まれた事件について淡々と記された箇条《かじょう》書きを貰い受けて、西郷の屋敷を出てきた。

ところがどうだろう、田中はその日のうちから長屋の住人たちに無視されることとなってしまった。そればかりではない、田中の姿を見るたびに、何やらひそひそと話している。

――もしや、こんなところにまで西郷先生の敵は潜んでいて、俺《おれ》のことも熟知のうえで、見張っているのだろうか？　このごくありふれた様子の人たちの中に間者がいる？――

戦々恐々とするあまり、暑さだけでなく、左隣りから聞こえる大きな鼾《いびき》も禍《わざわい》して田中は眠れぬ夜が続いた。

そんなある朝、かみさんたちが井戸端に集まる前に田中は起き出して顔を洗うことにした。

引っ越してきた翌日、赤子を背負ったり、幼子が遊ぶのを横目で睨みながら洗濯をし、あれやこれやと他愛の無いおしゃべりを楽しんでいる井戸端へと割り入り、水を飲もうとして、

「邪魔だよっ、邪魔っ」

追い払われてしまって以来、田中はここでの権力者は子連れ女たちだと思い知っていたのである。

――何とか親しくなれば、おしゃべりの中身から府中の事件や噂話を聞けるかもしれない。牛鍋は大流行だから、ひょっとして託された文に書かれているだけではない、もっとくわしい事柄も聞けるかも――。西郷先生の噂話を放っておくのをよしとしない戒めは、噂話の中にも上っ面とはいえ真実の片鱗《へんりん》はあるということなのだから。何も無しでは何も摑めない。それにはここの住人たちと何とか親しくならなければ――

とはいえ、田中は生来、人づきあいが苦手であった。友達が大勢いると西郷に告げたの

は、見知った顔があるというだけのことで、首席を続けた手習所でも、師範代と五分と五分の勝負ができた道場でも、何人たりとも寄りつかせなかった田中は孤高であった。

「あの――」

顔を洗い終えて、手拭いを使っていると、小さめの島田に結った若い女が目と鼻の先に立っていた。手桶《ておけ》と柄杓《ひしゃく》を手にしている。

一瞬、誰に話しかけたのだろうかと辺りを見回したが、自分の他に誰もいない。田中は自分の顔に右手の人差し指を向けた。

頷いた若い女は、

「おはようございます」

にこっと笑って挨拶《あいさつ》した後、

「左隣りに住んでる原田《はらだ》阿佐《あさ》です。ごめんなさいね、父の鼾、さぞかし耳についたでしょう？　目が赤いけど眠れてます？」

ぺこりと頭を下げた。

――何やら――

向かい合っている女からは鬢付《びんつ》けの椿油《つばきあぶら》に混じって食欲をそそる匂《にお》いがした。

田中はぐうと空っ腹が鳴きかけて、あわてて大きく息を吸い込んで止めると、

「ええ、まあ、何とか」

目を和ませた。

――この女なら何とか話が聞けるかもしれない――

「それは？」

田中は阿佐が手にしている手桶と柄杓を見つめた。

「これっ？　今時分は朝顔の水やりを欠かせないんです。初めは、うちの朝顔だけだったんですけど、うっかり水やりを忘れて放っておかれて、枯れかけてる朝顔を見てられなくて、ついつい他人《ひと》様の朝顔のめんどうもみちゃうようになって、とうとう、長屋中の朝顔の世話をするようになりました。朝早くも頃合いの夕方も満遍《まんべん》なくの水やりはちょっときついんですけど、皆さんに頼りにされてますから結構励みになってます」

「朝顔の世話は大変なのですね」

田中はさりげなく会話を続けようとした。

「花が咲いてからは、ただ水をやるだけですから」

阿佐は謙遜《けんそん》気味に応えた。

――いかん、これでは話が続かなくなる――

「どうして、水やりは早朝と夕方なのですか？」

田中は踏ん張った。

「涼しい時でないと駄目だからです」

またもや、阿佐は言葉少ない。田中との話を早く切り上げたい様子であった。

「どうして駄目なんです？」

田中はさらに食い下がった。

「乾いて熱くなってしまっている鉢の土に水をやっても、熱いお湯になってしまって、かえって朝顔を弱らせるだけだからです。ですから、これから土が熱くなる早朝は軽めに、陽が落ちて適度に冷えてくる夕方はたっぷり水をやるんです」

「なるほど、頃合いと言ったのはそういうことだったのですね」

「はい」

阿佐が笑うとえくぼができることに田中は気がついた。

「あなたがいてくれるここの長屋の朝顔に心配は要らないでしょう。けれど、ずぼらなわたしのような者が弾みで買った朝顔の鉢植えに、うっかり、早朝の水やりを忘れてしまっていた場合、葉や茎がぐったりしているのに気がついたのが、暑い昼日中だったらどうすればいいのでしょう？」

田中は我ながら、何とも気の利いた話の引っ張り方だと悦に入った。

「打ち水です。鉢のまわりの土にかなり多量の打ち水をすると、少しずつ土に染みこんでいって、お湯から水へと戻り、ゆっくりと鉢の朝顔に届きます」

そこまで話したところですでに阿佐の顔は真っ赤であった。

――い、いったい、どうしたというのだ？――

田中はどぎまぎした。その孤高ぶりを、ずっと男だけにではなく女にも向けてきていたために女慣れしていなかったからである。

阿佐はやや早口で先を続けた。

「こんなことまで聞いて頂けたのはわたし、初めてです。どなたかとこんな話ができるなんて、思ってもみませんでした。きっとあなたはずぼらではなく、わたしのように草木がとても好きなのでしょうね。あなたをお隣さんにしてくださった神様に感謝しなければ——。それとこれは黙っていようと思っていたことなのですが、思い切って申し上げます。そうしないと、あなたはじきにわたしのお隣さんではなくなってしまうでしょうから」

見つめる阿佐の目が潤《うる》んでいる。

「どうぞ、おっしゃってください」

田中はたじろいだ。何を言われるのか、見当はまるでつかなかった。

「金鍔《きんつば》か、お饅頭《まんじゅう》」

阿佐は小声で呟いた。

「どちらも好物です」

田中は阿佐の両袖《りょうそで》をちらちらと見た。

——菓子をくれるのだろうか？——

「どちらかの菓子を長屋中に配るのです。あなたは引っ越しの挨拶がまだでしたでしょう？　御一新前はそうでもなかったのです、皆さん、引っ越してきた人たちに親切でした。でも今、ここでは菓子などを配って引っ越しの挨拶一つできない者は、主のいなくなった家に無断で入り込んで住みつく、薩長の方々と同じだと見なされます。お持ち合わせの金子が足りなければ多少はわたしがお手伝いを――」

――なるほど、ここの皆が俺に冷たいのはそのせいだったのか。またしても薩長が引き合いに出され、とんだ不心得者呼ばわりされるとはな。これはおかしい、絶対におかしい――

田中は胸と頭が同時にかっと燃え上がるような憤《いきどお》りを感じ、

「それには及びません」

自分の家へと走り込んだ。

――目先の損得の優先と思い込みで動くこの御時世は間違っている。あの方のおっしゃる通り、今、人の世に求められていて知らしめなければならないのは正義だ。正義あるのみなのだ――

そう心の中で念仏のように繰り返しつつ、田中は西郷からの支度金には手をつけず自分のわずかな所持金で金鍔や饅頭より値の張る最中《もなか》を長屋に住む人数分揃えると、阿佐に託して配って貰った。

この時、

「あの、まだ、あなたのお名を伺っておりませんが」

阿佐は眩《まぶ》しそうに恥じらったまなざしになった。

咄嗟に田中は、

――ここで誰かに名を訊かれたのは初めてだ。しかし、西郷先生のお役目を果たしている身の名は使えないし――

「深田《ふかだ》真之助《しんのすけ》と言います」

両親から貰った本名を告げていた。

「元お武家様らしい響きの名ですね」

阿佐は褒《ほ》めてくれた。

なぜか、捨てたはずの本名が奇妙になつかしかった。ちなみに深田家は関ヶ原《せきはら》以来の名家である。

ともあれ、こうして、田中は長屋の人々に受け入れられた。

「多少は見直したよ」

「金鍔じゃなしに最中だったしね」

「仕事は何をしてるのかね？」

「それにしてもしゃべらねえ奴だな」

「もう少しで手習所がなくなって、仕事もなくなるってえぼやいてる、原田先生んとこ阿佐ちゃんと話してるところを見たがな」

「まさか、薩摩者じゃあねえだろうな」

「馬鹿いうない。飛ぶ鳥を落とす勢いの薩摩者がこんな小汚い長屋に住むもんかい」

「そりゃあ残念だ、薩摩者だったら、叩き殺して大川に沈めてやんのにな」

情に厚いはずの長屋の人々は口さがなく、きっかけ次第で暴挙に走りかねない狂気を秘めていた。

六

それから田中は期待して早朝の井戸端に立ったが阿佐とは会えずにいた。

長屋の住人たちはというと、以前とは逆で田中が通りかかるとぴたりと話を止めてしまい、

「さよなら」

「じゃあ、またな」

各々の住まいへと隠れるように入って行く。

――これじゃ、お手上げだ――

田中は絶望的な気分で、熊吉が渡してくれた〝牛鍋屋異聞〟と題されている箇条書きを眺《なが》めて暮らしている。

もとよりこれが川路によって書かれたことを田中は知らず、当の川路に至っては思いもかけぬ成り行きであった。

――しかし、頼りだった阿佐という娘と話ができない以上、この文書から骸探しの案を得るしかない――

川路利良の箇条書きには以下のようにあった。

〝牛鍋屋異聞〟

東京は日本橋周辺の牛肉・牛鍋店に続いて起きた事件である。

人の五臓六腑を放り込まれた牛肉・牛鍋店は以下の通り、放り込まれた日時と共に記す。

芝露月町《しばろげっちょう》　川中《かわなか》　明治四年五月三十日早朝発見

銀座《ぎんざ》二丁目　ひいふうみい　同年六月五日早朝発見

日本橋小伝馬町《こでんまちょう》　牛一《ぎゅういち》　同年六月十日早朝発見

神田　御一新鍋屋《ごいっしんなべや》　同年六月十五日早朝発見

日本橋米沢町《よねざわちょう》　旨牛屋《うまうしや》　同年六月二十日早朝発見

日本橋大伝馬町《おおでんまちょう》　西洋《せいよう》ももんじ　同年六月二十五日早朝発見

人の五臓六腑はまだ臭いだしておらず新しかった、湯気を上げていた（西洋ももんじ主言）と発見者たちは話していたが、近くで人の骸は見つかっていない。また、放り込まれた日時の前後に番屋に、内臓を抜かれた骸が届けられたという報告も皆無である。

――たったこれだけではどうにもならない――

田中は眺めるたびにため息を洩《も》らした。

――こんな時、西郷先生ならどうされるだろう。先生なら――

田中は熊吉からもらった、西郷からだという西瓜糖の詰められた小瓶を行李から取り出し、湯呑《ゆのみ》に少量入れると、井戸水を加えて、一口飲んでみた。

口中に西瓜独特の香が広がるのと同時に甘さがあふれた。

「ああ、生き返るようだ。西郷先生、ありがとうございます、ありがとうございます」

久しぶりの甘みに田中は思わず、西郷の名を口にしていた。

すると、長屋の煤《すす》けた漆喰《しっくい》の壁に、

〝おいならか？　おいなら決まっちょっとが――〟

大らかな笑顔の西郷が唇を舌で舐《な》めたのが見えたような気がした。

――そうだ、そうだったのか――

田中は西郷が熊吉に託してくれた少なくない支度金に思い当たった。

――あれはそういう含みだったのだな――

田中は財布に支度金の一部を入れて長屋を出ると芝露月町を目指した。

根が真面目な田中は若く、食欲旺盛《おうせい》な盛りだというのに日々の菜をも節約していた。西郷の支度金を無駄に使ってはいけないと戒めている。それでこのところ、いつも空腹であった。

――腹《はら》も空いていることだし――

かけそばは一杯一銭ほどであるのに三銭五厘ほどの牛鍋を、田中は川中、ひいふうみい、牛一、御一新鍋屋、旨牛屋、西洋ももんじの被害に遭《あ》った六軒分、食べて廻《まわ》るつもりだった。もちろん、牛鍋も牛肉も食べるのは初めてである。

田中がまだ試していないのは、食べに訪れる客たちの多くが、どこぞの料理屋で泥酔した挙げ句の肝試し代わりにしていて、ようは牛鍋がゲテモノ食いとされている一面があったからである。

夕刻時とあって軒を並べている牛鍋屋は賑《にぎ》わっている。牛肉が醤油《しょうゆ》と砂糖と一緒に焼かれる匂いが流れてきていた。煎餅《せんべい》や甘辛団子が焼かれる匂いに似てはいるが、もっと深い強烈な旨味《うまみ》がありそうでたまらない。

――洋館などではないのも親しみがもてる――

どの店も中程度の格の料理屋か、元は旅籠だったのだろうと想《おも》わせる二階屋である。

田中はまず川中に入った。

玄関で迎えてくれる下足番まで当世風に早々に散切《ざんぎ》り頭になっている。下駄を預けた田中は、絣《かすり》の着物を着た仲居二人に案内されて二階へと階段を上った。

仕切りのない大広間に七輪《しちりん》が何台も置かれて鉄鍋が載っていた。客を前に仲居の菜箸《さいばし》が火の熾《おこ》された鉄鍋の上に、赤い生の牛肉の薄い切れ端を載せていき、醤油と酒、砂糖を合わせたタレが注がれる。

これがたまらない匂いの源であった。

客たちは仲居が炙《あぶ》るように焼いた薄切り牛肉が各々の小鉢に置かれると、思い詰めた様子で箸を取り、無言で胃の腑におさめていく。

――まだ宵のうちだ、酔いどれたちが訪れて食いながら大騒ぎするのは、きっとこれからなのだろう――

田中も夢中で食べた。

ただし客の数はそれほど多くない。

田中が入った時、火が熾きていた七輪は十台ほどで、食べ終えて帰ろうとした時、もう客たちの姿はなく、廊下にも客の気配は無かった。

仲居たちに客足についてさりげなく尋ねると、

「ええ、まあまあ」

言葉を濁したり、

「これからですよ、これから」

田中から目を逸《そ》らせて言った。

そんな様子なので、訊きづらかったが、人の五臓六腑が放り込まれた一件を口にすると、

「し、知りません、や、雇われてる身で知るわけありません」

大年増の仲居が廊下に立て掛けてあった箒《ほうき》を手にして田中を睨んだ。出て行ってほしいという印であった。

この日は川中の他にひいふうみい、牛一と三軒の牛鍋屋で食べ、以下のように書き留めた。

川中、ひいふうみい、牛一で牛鍋を食した。どの店も牛肉の焼ける旨そうな匂いが外にまで流れてきているのだが、いざ、甘辛味に煮てある牛鍋を食べてみると、それほど

ではなかった。肉はどこも短冊型の薄切りで、店によっては短冊が千切れている肉もあった。おおむね肉は固い。突っ張っているような食感である。それに気になる臭《にお》いもある。これなら鶏《とり》、一度だけ食べたことのある軍鶏《しやも》の方がよほど旨味が濃くて美味《うま》かった。もしや、牛肉とは焼く時の匂いだけが千両味なのであって、これだけが美味さの真髄《しんずい》なのかもしれない。


田中はすでに牛鍋に以前のような期待を抱かなくなっていたが、

──三軒だけで決めてしまうのは早計だし、何より、重要なのは店の者たちから、あの事件についての話を訊き出すことだ──

と自分に言い聞かせて残りの三軒、御一新鍋屋、旨牛屋、西洋ももんじを廻った。

どの店でも客席になっている広間に客の数はそう多くはなく、牛鍋の味も前日と変わらぬものだった。

最初に入った御一新鍋屋で牛鍋を食べた後、肝心な話を切り出すと、大番頭だという年配の男が駆け付けてきて、仲居たちを下がらせると、

「もしや、新しいかわら版屋さん？　誰にでもわかる食べ物の話が必要？　てまえどもの店の名さえ出してくださるのならば、多少のお話はいたしますし、お代は要りません」

揉み手をせんばかりの様子であった。

維新後に発刊された日本最初の日刊紙は、この前年に創刊された相場や外国船について

の記事が載る横浜毎日新聞であった。まだ東京での新聞創刊は実現していなかった。

「かわら版屋ではありませんが」

田中は自分の身分を何と説明したものかと戸惑った。

田中は振る舞い利得の計算こそできるものの嘘はつけない性分である。

「それじゃ、お断りですよ。もちろん、お代もいただきます」

ぴしゃりと撥《は》ね付けられた。

旨牛屋は開店休業状態で素通りするしかなく、今までで一番小さな店である西洋ももんじでは、店先で牛肉だけではなく、さまざまな獣肉が売られていた。

鬢《びん》に白髪が見え隠れしている上、げっそりと頬《ほお》がこけて窶《やつ》れて見える年配の女将幾《いく》と、無愛想な仲居の二人だけで商っている様子であった。そこかしこに牛肉の匂いが染みついているものの、店先まで強烈に流れてこないのは、田中が今日の客の一番乗りである証である。

ここも二階は広間でそこそこの数の七輪と鍋が並んでいる。

──御一新前はここだけではなく、階下でも、牛肉鍋は稀《まれ》で、猪《いのしし》や鹿《しか》等の鍋が薬食《くすりぐ》いとして供されていたのだろうな──

ちなみに薬食いとは獣肉禁止の江戸期にあって、病の治療、予防を兼ねて、滋養をつける目的で許されていた肉食であった。

西洋ももんじでは、他に客がいないこともあって、女将のお幾が手ずから給仕をしてくれた。それでも味わう牛肉は薄く固く臭う。

この頃にはさすがの田中も取り繕う自分の身分を決めていた。

——奉行所役人たちの中にはまだ役目を続けている者もいる。こうした役人たちの間に、特別に設けられた見廻り方で、府中特命見廻りとでも称しておこう——

田中は奉行所の府中特命見廻りと名乗り、他店に試みたのと同じ問いを投げかけた。

「ふ、府中特命見廻り様だってえ——」

みるみるお幾の顔が今にも倒れ込みそうなほど青くなった。

七

お幾の菜箸を持つ手も震えている。

——何か、後ろめたいことがあるのではないか？——

「隠し事はためにならぬぞ」

田中は役人を真似てやや居丈高な物言いをした。

「わ、わかっております」

とうとうお幾は菜箸を取り落とした。

「聞かせてもらおうか」

「ああ——どうしよう」

悲愴《ひそう》な面持ちで呟いたお幾は頭を抱えた。

「話せば楽になる、我らとて慈悲の心はある」

さらに田中は押した。

「わかりました、申し上げます」

覚悟を決めたお幾は正座して居住まいを正して話し始めた。

「うちや川中さん、ひいふうみいさん、牛一さん、御一新鍋屋さん、旨牛屋さんは、同じところから牛鍋用の牛肉を仕入れていました。この六軒の中では川中さんと御一新鍋屋さんが、牛飼い業者にも顔が利いてまとめ役でした」

「ここは店の一部が昔ながらのももんじ屋、獣肉売りの他に、客にぼたん鍋（猪肉鍋）や紅葉鍋《もみじなべ》（鹿肉鍋）を食べさせてきたのだろう？　獣肉を仕入れることにかけては、牛鍋だけを商っている他店より、よほど年季が入っているのではないか？」

「それは猪や鹿のことで、これらの獣の肉は里村に住む猟師たちから買っていました。こちらもあちらも親子代々、長いつきあいがございます。けれども、牛肉となると別です。お江戸だった頃には滅多に入ってはこない代物だったんです。ですので、ももんじ屋だから、牛肉を仕入れやすいなどということは決してございません。それに何より、牛とは時に厄《やく》となるものなのです」

「牛が厄に？　なにゆえだ？」

「海を渡って入ってきた牛には、在来種にはない牛疫《ぎゅうえき》という牛の病がありまして、それに罹《かか》ると牛たちはばたばたと倒れて死にます。御一新以来、牛の滋養を声高に喧伝《けんでん》してきたお上でしたが、牛疫に罹った牛を食べることは断じて許しません。飲んでよし、食べてもよしと、牛乳や牛鍋の飲食を勧めつつも、牛疫で人に害があっては一大事ですので、牛疫を出した牛飼い業者は、全部の牛を焼却せよという命が出ます」

牛疫とは、ウシ、スイギュウ、ヒツジ、ヤギ、ブタ、シカ、イノシシ等、前後肢の指が二本または四本の有蹄獣《ゆうていじゅう》の感染症である。感染動物の排泄物《はいせつぶつ》の飛沫《ひまつ》などに直接接触することで爆発的に伝播《でんぱ》する。

最も罹りやすい動物は牛と水牛であり、平均一週間ほどの潜伏期の後、突然の高熱、食欲減退、鼻汁、口の中の点状《てんじょう》出血や潰瘍《かいよう》がみられ、下痢《げり》を起こす。その後、脱水症状に襲われて倒れ、発熱から十日内外で死亡する。二十日以上、生存すれば恢復《かいふく》するがその数は多くない。

人への感染は未知ではあったが、家畜の牛を殺処分することで未知ゆえの危険性を封じていた。

お幾は話の先を続けた。

「昨年から今年にかけて、わたしたちが牛肉を仕入れている業者がその不運に遭いました。その頃はお上がやんやと牛をもてはやすので、牛鍋屋は鰻上《うなぎのぼ》りに好調で毎日夕方になると行列ができました。昼時も店を開けて特別安い品書きを店の前に貼り紙すると、行列は尻尾《しっぽ》が見えないほどになりました。笑いが止まらないとはああいうのを言うのでしょうね」

お幾はふふふと満足げな思い出し笑いをした。

「しかし、それも束《つか》の間《ま》、牛疫と焼却が仇をなしたのだな」

「はい。ぱったりと牛肉が入らなくなったんです。店を開けていても、肝心の牛肉が無ければ話になりません。それでも、他店も皆、同じだったら諦《あきら》めもついたでしょう。中には別の業者に頼んでいて助かった店もありました。川中さんを筆頭に御一新鍋屋さん、ひいふうみいさん、牛一さん、旨牛屋さん、西洋ももんじのうち、特に旨牛屋さんの売り上げは、府中で五本の指に入っていましたので、日増しに牛鍋熱が高まっていく最中、口惜しくてなりませんでした。とはいえ、今のうちのように、細々と商いしていた程度の小さな店が、多少間口を広くしただけでは、あのようなことにはならなかったでしょう。川中さんたちは新しい業者を見つけかけていて、商いの再開のめども立ちかけていたところでしたし、皆さんの鬱憤《うっぷん》はここまで貯《た》まらなかったと思います」

お幾はぶるっと背中を震わせた。

「皆は鬱憤をどのような形で晴らしたのだ？」

「あまりにおぞましいことなので、順を追わないと口が固まって言葉になりません」

ああああとまた悲鳴のようなため息を洩らしたお幾は、

「わたしたちが指を咥《くわ》えて牛鍋景気の中に沈んでいた時、横浜から突風のように出てきたのがあのはま屋さんでした。はま屋さんの売り上げは、一月もしないうちに一番売れた一時の川中さんを大きく上回りました」

「はま屋の仕入れ先の牛飼い業者は牛疫禍から免れ、大丈夫だったのだな」

念を押した田中に、

「はま屋さんは牛飼い業者も兼ねていて、毎日、横浜から自分のところの牛肉を運ばせているとのことです」

「悲運に襲われたおまえたちも、新しい牛飼い業者が見つかって商いが再開できれば、また、元のように繁盛するものと思うが――」

そう呟きつつも、田中は、

――ならば、なぜ、今、この五軒は流行っていないのだ？　旨牛屋は開店休業なのだ？

――

疑問を深めていた。

お幾は田中の呟きには応えず先へと話を進めた。

「今年早々、牛肉が手に入るようになって、わたしたちは店を開けました。わたしも皆さんも先ほどお役人様がおっしゃったように、商いはまた繁盛するものとばかり思っていたんです。ところが客足はちょぼちょぼで、何より今までのお馴染みさんが一度は義理でいらしてくれるものの、後はさっぱりなんです。一方、はま屋さんは大人気、大行列のはま屋とまで言われるようになりました。また、今までどうということのなかった他の店も、客足が遠のかないばかりか、益々の繁盛ぶりなんです。義理を通して一度は来てくれたお客さんたちが、そっちへ行っていることもわかりました。取られたお客は難なく取り返せるつもりでしたので、これほどがっかりなことはありませんでした。うちだけではなく、川中さん、御一新鍋屋さん、ひいふうみいさん、牛一さん、旨牛屋さんも同じように商いが不調なのです。そんなある日、わたしは川中さんのところへ呼ばれました。川中さんではその日に限って奉公人たちに暇を出していて、出て来たご主人がわたしを客間ではなく、厨へと案内してくれました」

「おそらく、そこに御一新鍋屋、ひいふうみい、牛一、旨牛屋の主も呼ばれていたのではないか?」

「その通りです。そして、俎板の上には五臓六腑が載っていました」

「人の五臓六腑?」

「いいえ、ももんじを見慣れてきたわたしには一目で猪か、豚のものだとわかりました。川中さんに〝これはあなたに馴染みのある豚のものだ。わたしたちの商いを守る闘いを、憎き宿敵はま屋相手に仕掛けることにした。これは皆さんの悲願だ。西洋ももんじさんもわたしたちの仲間なら、余計な口は利かずただ従ってほしい〟と言われて——。余計な口を利かずに従えというのはどういうことだったのか、というのは後でわかりました」

「はま屋に豚の五臓六腑を放り込んだのだな。だが、はま屋からは届けなど出てはいないぞ」

「横浜にあるはま屋さんの牧場では、牛の他に火腿《はむ》等の加工品をつくるための豚も飼っていると聞いています。ですから、はま屋さんのご主人はすぐに、天誅《てんちゅう》、人五臓六腑と書かれた紙と一緒に放り込まれた、その五臓六腑を豚のものだと見抜いたはずです。なのに、川中さんたちは――」

「はま屋は騒ぎもせず、お上に届けず、かわら版にも載らず、相変わらず繁盛。あんたの仲間たちは、そんなはま屋の躱《かわ》し方に、腹を立て、また、不気味さをも募らせたのだろう」

「それで誰かが、〝きっと、これは牛疫にもあのようにうるさいお上のことだから、今頃、出処《でどころ》や下手人を調べに調べているに違いない。はま屋には新政府のお偉方への伝手《つて》だってありそうだし。そうだ、自分たちのところへも豚の五臓六腑が届いたことにしよう、そうすればはま屋にしたことを疑われないで済む〟と提案し、自分たちがやったことを誤魔化せる妙案のようで、決してそうはならない馬鹿を実行するようになったんです」

「それでこの牛鍋屋六軒は、五日置きに厨の俎板の上に調達した豚の五臓六腑を載せて、人のもののように偽り、時には奉公人にも見つけさせ、番屋に届けを出すことになったのだな」

「うちの場合は、わたしがあれは豚の五臓六腑だったなどと決して告げないように、〝ほかほかと湯気を立てていた〟とまで言わされました」

「御一新鍋屋の大番頭は何でもいいから、自分のところの名を出して書いてくれと必死だった。届けて、世間の噂になって、多少はいいこともあったのでは？」

「それもほんの何日間のことですよ。初めに川中さんが試して、川中さんのとこだけお客さんが増えました。五日置きに放り込まれたことにしたのは、この人気を長引かせて、最後は六軒ともが一緒に得をするためでした。うちにも、噂になった時は、人の五臓六腑を見ながら、牛鍋が食べたいなんて言ってくるお客さんもいましたっけ。でも、そんな人気、長くは続きません。六軒一緒に得をするなんてことありゃしませんでした」

「だろうな」

「飽きたのか、お上が横槍《よこやり》を入れたのか、ふっつりとかわら版に載らなくなったからです。うちはいち早く仲居を減らしたんで、何とか、しばらくはやっていけますが、旨牛屋さんはあのまま店をたたむことになるかもしれません。皆さんのところだってこのままではいずれ――、ですんで、もう、わたしへの口止めなんて意味がありません。人も商いも退《ひ》け時《どき》ってあるもんなんでしょうね、きっと。それでうちにお上が訊きにきたら、お仕置き覚悟でお話ししようと、怖々《こわごわ》でしたけど心のどこかで腹を決めてました。これでも江戸っ子の端くれですから」

言い切ったお幾は、はっと気がついて、

「あら、いけない、長話をしてるうちに、給仕を忘れてました。今、すぐ、いたします」

取り落とした菜箸を取り上げたが、やはり、今までの店同様、お世辞にも美味いとはいえない肉の味であった。

「お味はいかがでしたか?」

お幾に訊かれた。

田中は見え透いた褒め言葉は口に出せず、

「ああ、まあ、まあ――」

「やっぱりねえ」

お幾は寂しそうに笑った。

八

西洋ももんじを出た田中は、人気のはま屋の牛鍋を食べてみようと思いついた。

本石町《ほんごくちょう》のはま屋はよほど大きな店だろうと想像していたが、予想に反して、その間口はお幾の西洋ももんじほどであった。

ただし、昼時ではなく夕刻だというのに、夕涼みを兼ねて列に並ぶ客たちが後を絶たなかった。待っている客たちが疲れすぎないように、店の玄関口に縁台が二台置かれ、麦湯が振る舞われている。

――繁盛の理由はこのような心遣いゆえか?――

田中は顔や手足に群がってくる蚊をぴしゃぴしゃと叩いて追い払って、縁台に座れる順番を待った。

夜が牛鍋屋の列並びで過ぎていく。やっと自分の番になった。はま屋の造りも肉の焼けるたまらない匂いも他店と変わらない。階段を上った二階の大広間で牛鍋が供されるのも同様だった。

ただし、客席は満員で酒が回っているのだろう、笑いや嬌声《きょうせい》が絶えない。夜だというのに、まるで祭りの雑踏の中にいるような気がした。

――仲居のお仕着せも縞木綿で、似たかよったかだ――

当初、田中は給仕の仲居の顔ではなく、お仕着せの方を見ていた。

「はま屋の牛鍋は肉が違うんですよ」

聞いたことのある声だった。

「阿佐さん」

藍《あい》色の涼しげな縦縞のお仕着せを着て、両袖を赤い襷《たすき》でたくし上げている、長屋の隣人原田阿佐の笑顔があった。

「わたし、ここで働かせて頂いているのです。深田さんに会えるとは思ってもみませんでした。でも、うれしいわ」

ぽっと頬を染めた阿佐は角切りにした牛肉の載った皿を手にしている。

――他店では薄切りでさえも、ごわごわと固いのだから、こう厚くては嚙み切れないかもしれない――

「はま屋はこの角切りが売りなんです。賽子《さいころ》型でもあるんで、はま屋の牛鍋を賽子鍋なんていうお馴染みさんもおいでです」

ほど歯が丈夫なのだ。阿佐さんの手前、嚙み切れずに残すことなんて出来ないから、ここは何としても肉を引き裂き、嚙み砕いて、胃の腑におさめなくてはなるまい――

緊張の面持ちで田中は覚悟を決めた。

「さあ、焼いてみますよ」

阿佐はすでに熱くなっている鉄鍋に白い脂《あぶら》を溶かした後、脂身よりもやや赤身の勝った角切りの牛肉一個をそっと載せた。

とたんに牛肉が花のように香り出す。

――よい匂いだが、どこの店でも肉が焼ける匂いだけは垂涎《すいぜん》ものだった――

「どうか、召し上がってください」

甘辛ダレが鉄鍋に注がれた後、阿佐の菜箸が角切りを挟んだ。ほどよくタレの絡んだ賽子型の牛肉が田中の皿へと置かれる。

――とうとう、来たか。これはもう、狼《おおかみ》にでもなったつもりで思いきり嚙んで、喉《のど》を通すしかない――

田中は箸でほどよく焼けた角切り牛肉を摘まんで口に入れた。

最初に前歯二本に肉が当たった。その後、犬歯で力任せに引き千切るつもりであった。

ところが、

――何だ、これは――

前歯の下で牛肉がすっと柔らかく溶けたのである。

それを臼歯《きゆうし》に送ると容易に噛むことができた。

――まるで魚のように柔らかい。いや、魚のようだというのは適さない例えだ。たしかに柔らかいが、魚のように頼りない柔らかさではない。歯応えがありながら、素晴らしく柔らかいのだ――

「まだまだ、ございます」

阿佐は角切り牛肉を次々に甘辛ダレで焼いて、田中の皿へと置いていく。

田中は夢中で箸を動かす。

――柔らかいだけではない、風味も旨味も最高だ。これなら、どこの店にも漂っていた、牛肉を焼いた時のよい匂いにも勝る。美味い牛肉も牛鍋もこの世にあったのだな――

最後の一個を歓喜している胃の腑に届けた田中は、

「生まれて以来、これほど美味いものは食べたことがありません」

無邪気に洩らした。

――しかし、他店の牛鍋の肉が、生まれて以来あまり出会ったことがないほど不味《まず》かったのも事実だ――

田中は、開店以来値上げはせずに一人前三銭を通しているという、他店よりも安い対価を支払った後、

――美味くて安ければ客の足は向く。人気に驕《おご》り、弱味につけ込む商いが横行していて、

値上げが盛んな昨今、どうしてこんな神業《かみわざ》ができるのか?――

そんな疑問も湧《わ》いてきて、

「実はわたしは府中特命見廻りの役目にあるのです」

と阿佐に告げて、五臓六腑の放り込みを番屋に届けることもなかった主に、是非とも会ってみたくなったと申し出た。

「伺ってきましょう」

阿佐は階段を下りて主に取り次ぎ、

「旦那様はお役目であれば会わないわけにはいくまいと。お会いになるそうです」

この後田中は、はま屋主浜田寛太郎《はまだかんたろう》と奥の座敷で向かい合うこととなった。

一代ではま屋を興した浜田寛太郎は中肉中背、やや太い眉と人並みより大きな目鼻口を除けば、府中のどこにでもいそうな四十歳ほどの男であった。

田中は五臓六腑放り込みの嫌がらせの一件から訊くつもりでいたが、口の中にまだ牛鍋の肉の醍醐味《だいごみ》が残っていて、ついついはま屋の肉の美味さを讃《たた》える言葉を口にした。

すると浜田は、

「うちでお出しする牛肉は横浜の牧場で育てた牛を使っています。牛には牛疫があるので、豚などとは一緒にせず、牛だけの牧場を用意しています。お上は牛の輸入に熱心ですが、とかくそれらからは牛疫持ちが出てきやすいので、うちは在来種の和牛だけを飼っています。それから、乳をとる牛と肉をとる牛とは別種です。餌《えさ》も違います。乳牛の肉が固いのは草ばかり食べさせるからです。肉牛の最たるものは彦根《ひこね》の牛です。これは間違いなく世界に誇れるほどの代物です」

うれしそうに微笑んだ。

「古いものにもよいものがあったのだな」

これからは新時代だと野望を抱いているかのような田中ではあったが、徳川の治世の産物が認められるのは悪い気がしなかった。

「そうです、温故知新《おんこちしん》です。それでわたしは一年ほど彦根で修業しました。自分のところの牛は、彦根の牛ほどは高い酒を飲ませられませんが、酒粕《さけかす》などの利用で柔らかさと風味を追求してきました」

「はま屋以外の店の牛鍋の肉は、どうしてあのように不味いのか？」

これは田中にとって最大の疑問であった。

「牛肉ほど部位によって適した料理が異なるものはありません。西洋では脛《すね》等の固い部位はたっぷりの汁で時をかけて煮込んで食べるようです。牛鍋のむずかしさは焼いた後、さっとタレで煮る点です。牛肉のさっと煮ほど素材の良し悪《あ》しが問われる料理はありません。わたしの知っている多くの牛鍋屋では、ただただ業者から届いた牛肉を薄く切って使っています。薄く切るのは節約ではなく、厚くては固すぎて、嚙み切れないからでしょう。うちの牛肉とて脛は固いのです。ですので、そこは牛鍋には使いません。ももや肩、腹等の元々比較的柔らかな部分をさらに柔らかく育てて使います。角切りにするのは柔らかさだけではなく、お客様方に独特の風味と旨味、食べ応えを味わってほしいからです。ああ、そうそう、西洋では内臓もそれなりの料理に仕上げるようですよ」

奇《く》しくも内臓の話になったところで、田中は例の五臓六腑事件について話して、「西洋ももんじの女将が言っていた通り、届け出なかったのは同業者のこの嫌《いや》がらせをすぐに豚のものだと見破ったからか?」

確かめずにはいられなかった。

「おや、あれは嫌がらせだったのですか? 賄《まかな》いの差し入れだと判断して、玉ねぎやバター、牛乳等を使った結構な珍しい味を皆でいただきました」

浜田は円満そのものの様子で笑い、こう付け加えた。

「実はわたしは薩摩者なのです。お気づきにならなかったでしょう。横浜に長いし、徹底的に薩摩言葉は話さないようにしてきましたから。わたしは早くに横浜で商いをしようとしただけで、お偉い方々のように官職を得ようとしたわけではありません。ただの商人です。にもかかわらず、薩摩者だから、太い伝手が新政府にあって、実入りのいい商いをしていると後ろ指をさされるのは心外でした。豚やその内臓料理には、薩摩で暮らした貧しい子どもの頃に馴染んで、もう少し、臭みを何とかした、美味しい料理ができないものかと思ってきました。よい機会でした。あなた様のおっしゃる通り、あれが嫌がらせだったとしても、わたしは誰も恨んではおりません。お礼を申し上げたいくらいです」

これを聞いた田中は、何としても豚の内臓料理の作り方が知りたくなって、浜田に聞いてくわしく書き留めた。

田中は浜田のこの言葉を内臓料理の作り方と一緒に、〝牛鍋屋異聞〟の報告書の最後に書き加えた。

目を通した西郷は、

「薩摩にもまだ、よか男がおったな」

知らずと涙ぐんでいた。

熊吉が走って、西郷からの文を川路に届けた。この文は〝府中人の五臓六腑嫌がらせの真相〟と題されていて、簡略した田中の報告の後に次のような一文が続いていた。


牛鍋屋はま屋主浜田寛太郎は同郷の士にして、人品骨柄の確かな人物である。調べたところ、浜田は頼ってくる他店の主たちに、牛鍋に適したよか牛肉を売る牛飼い業者を紹介してもいて、傾きかけた牛鍋屋の中にはこれで立ち直った店もあるとのことだ。

牛鍋の勢いは増すばかりなので、たしかに以前振るわなかった店がそこそこ流行りだしている。この牛鍋景気はまだまだ続くだろう。

頑迷な川中、御一新鍋屋、ひいふうみい、牛一、旨牛屋、西洋ももんじの主たちを、政府の役人であるおまんさが説いて、過ぎた悪戯《いたずら》を厳しく責めつつも、是非とも、牛博士浜田の意見を取り入れるよう進言してもらいたい。

川路利良殿

西郷

また、西郷は駿府の勝に向けては以下のような文を出した。

勝さぁよ、豚一様《ぶたいちさま》だった十五代慶喜様《よしのぶ》にも食べさせたい料理がありもす。
豚の肝と腎の臓を西洋風に調理したものでごわす。
よかよか最高によか料理なんじゃ。その理由は会うた時にでも、お話し申そうぞ。

吉

安様

第二話　西郷の印籠

一

金木犀が花をつけて、その芳香《ほうこう》が家々に流れてきていた。長屋が手狭なせいか、香りが強すぎるのか、今時、どこの家も朝から晩まで金木犀の匂《にお》いで満ちている。

──御時世は変わっても草木は変わらぬものだ──

寝入《ねい》り端《ばな》の府中特命見廻《みまわ》り役田中作二郎《たなかさくじろう》は感慨深かった。変わらない金木犀の香りが眠りへと誘ってくれるようにも、また、妙な具合に気を立たせて、眠りを妨げているようにも感じられた。

西郷隆盛《さいごうたかもり》直属の部下に抜擢《ばってき》されてから三月が流れた。熊吉《くまきち》が伝えてくる案件は多く、これらを処理するために、ほぼ一日中府中を飛び回る暮らしが続いている。

──西郷先生の家で犬の世話や庭掃除等の雑用をこなしていた時より疲れる──

田中は行灯《あんどん》の灯《ひ》をつけると、枕元《まくらもと》の開いたままになっている手控帖《てびかえちょう》をめくってながめた。

これにはこなすことができたこのところの仕事が綴《つづ》られていた。

一、坂塚平太郎《さかづかへいたろう》、大蔵省役人、薩摩《さつま》出身。高級料理屋八百良《やおりよう》の飲食代三月《みつき》分、十円を払わず一年に到る。麴町《こうじまち》の坂塚邸に八百良主《あるじ》に代わって集金に行くも当初拒絶。西郷札と書かれた西郷先生の木製印籠《いんろう》を見せて、やっと支払いの義務を果たした。

一、江原淳之助《えはらじゅんのすけ》 新政府の要人に伝手《つて》のある貿易商、長州《ちょうしゅう》出身。府中では数少ない洋服職人の、元は足袋《たび》職人中村佐吉《なかむらさきち》の店へ押しかけ、まんてる（フロックコート）の急ぎ注文が聞き入れられなかった鬱憤《うっぷん》晴らしにと、人を使って大暴れさせ、商品の服地や器物を著《いちじる》しく損壊《そんかい》した。西郷札の印籠にて損害賠償金を回収。当人は関与を否定したが、現場に居合わせた主や奉公人、客たちの証言から暴れたごろつきの名がわかり、その者の白状により当人も投獄《とうごく》となった。

一、久保五郎太《くぼごろうた》 取締組を半年前に罷免《ひめん》、土佐《とさ》出身。細々と役目を果たしている定町廻《じょうまちまわ》り同心を蚊帳《かや》の外にして、府中の富裕な商家数軒から多額の金品を強請《ゆす》り取っていた。上司に西郷札の印籠を見せて解決。金品は質流れになりかけていた物も含めて商家数軒に返却、強請《ゆすり》の罪で当人を投獄。

一、津守洋平《つもりようへい》　新興の骨董商《こっとう》、肥前《ひぜん》出身。暮らしに窮している大身旗本家《たいしん》等から、只同《ただ》然の安価で骨董を買い叩《たた》いていた。骨董の値付けはさまざまなので開き直られると覚悟していたが、主は〝皆様のおためと思って買い受けさせていただいていたので残念です。もちろん、骨董のお代はお返しいただかなくて結構です、あちらへさしあげます〟と言い、すんなりと返してきて、拍子抜けがした。主は西郷札の印籠を見せてもたじろがず、両手を合わせて仏に祈るように瞑目《めいもく》し、わたしに茶菓を振る舞ってくれた。

――それにしても、西郷札の印籠で反省を促《うなが》さなければならないのが、薩摩、長州、土佐、肥前の出身者とはな。まさに新政府の成り上がりぶりゆえの見苦しさ、横暴を物語るものではないか？――

田中はやりきれなくなった。

――西郷先生はさぞかしご心痛だろう――

ふと西郷の身になって、

――西郷先生は日々、役職をもとめて押すな押すなで訪れる客たちの相手をされている。いったい、いつ、このような酷《ひど》い実態が耳目に触れるのだろうか？――

不思議でならなくなり、金木犀の香りが鼻につんと来て目が冴《さ》えてきた。

――客には薩摩、長州、土佐、肥前の出身者が多いが、この旧四藩以外の者にも手厚いと聞いた。希望に応じて、ご自分で出来得る限りの口利きをされているのだとか。そんな頼まれれば嫌《いや》とはいえない大雑把《おおざっぱ》な厚意《こうい》と、不心得者に対しての手厳しい始末とがどうにもぴったり来ない。ある種の腑《ふ》に落ちなさを感じる――

もはや犯罪でしかない府中の事件について、西郷は川路《かわじ》からだけではなく、時折足を向《お》ける老松屋《おいまつや》に置いた目安箱から得ていた。この事実を知っているのは、熊吉と老松屋の女将《かみ》たかいだけであった。

さらに付け加えるなら、田中の知らない、事件とは言えない程度の狼藉《ろうぜき》、喧嘩《けんか》等の暴力沙汰《ざた》や権力を振りかざしての小額の無銭飲食、玄人《くろうと》、素人《しろうと》見境無しの婦女の追いかけ回し等は数々あった。これには、菅笠《すげがさ》で顔を隠した熊吉が被害のあった店に赴《おもむ》き、新政府の名で賠償金《ばいしょうきん》を届けて処理していた。これも田中の知らない話であった。

どうにも我慢がならない御時世の理不尽さに翻弄《ほんろう》されかけたら、一筆書いて老松屋の目安箱に入れることだ、そうすれば、天から神が降りてきたかのように、解決してくれるという密《ひそ》かな風評が府中に伝わっているのだった。

また、あまり忖度《そんたく》せずに人の就職を請け合うやり方を、当の西郷は熊吉にこう語っていた。

「ちょこっと話しただけで、そん人の価値などわかるはずもなか。何事もやらせてみなきゃ、わからん。なかなか芽の出ない者にも、いつか花は咲くとおいは信じとる。人は一生に一度くらいは必ず、たとえほんの短い間でも、大輪の花ば咲かせられるはずじゃ。そんためだけにおいたち人は生きちょるかもしれん」

　田中の方はそろそろ眠くなった。これから眠るのだなと金木犀の香りが優しく感じられ、ある種の心地良さを感じつつ、うとうとしかけたところで、

　——いかん、忘れていた——

　田中は目を覚ました。

　徳川《とくがわ》の世だった頃《ころ》は鍵《かぎ》など不要だったのどかな長屋住まいも、維新後の落ち着かない昨今は、油障子に心張棒《しんばりぼう》を必ず当てがわなければ安心して眠りにつけない。

　——長屋住まいの連中が高額な金品など持ち合わせてはいないはずなのだが——

　それでもコソ泥は長屋にまで出没していた。僅《わず》かな金品だけではなく、釜《かま》の飯や鍋《なべ》の菜、行李《こうり》の中の着替え、掛けていた夜着まで持ち去られることがあるのだという。

　運悪く捕縛されたコソ泥の正体は維新後、卒族《そつぞく》と呼ばれた、武家社会においての足軽《あしがる》以下の下級家臣が多いとも言われている。

　——身すぎ、世すぎを間違えていれば俺《おれ》だってコソ泥に堕《だ》していたかもしれない。まさにあの悲運は禍《わざわい》転じて福だった——

　生家が火事に遭《あ》い、逃げ遅れた両親が奉公人たちと共に焼死した悲劇を思い出していた。

　——御家人の身分とはいえ、武士の矜持《きょうじ》そのものだった両親が生きていたら、ここまで大胆な生き方を選ぶことはできなかったろう。それにしても御一新になったとたん、火事は死をもって償う重罪どころか、おおかた無視されて、詮議《せんぎ》にさえかけられなくなった。

次から次へと家屋を焼いて、江戸へと進軍したという官軍が要職を占める新政府ゆえだろう。火事の因について不始末か、付け火かさえも問題にしない。火の害など罪とは見なさないのだ――

憤怒《ふんぬ》が込み上げてくると目が冴え渡り、田中はしばし、心張棒のことを忘れた。

この時であった。

油障子の向こうに人が立つ気配がした。眠っていれば気がつかないところだが、両親の無残な死を昨日のことのように思い出した田中は、昼間にも増して神経がぴりぴりしている。

――コソ泥？うちには鍋釜《なべ》さえもなく、あるのは――

咄嗟《とっさ》に田中は神棚に置いていた西郷からの支度金の残りを懐《ふところ》に入れ、日々の疲れを癒《いや》すために惜しみ惜しみ食べている西瓜糖《すいかとう》の小瓶《こびん》を手にした。

――これだけは渡せない――

そこへ頭から濃紫色の手拭《てぬぐ》いを盗《ぬす》っ人被《と》りにした男が油障子を開けて入ってきた。男は瞬時に板敷に上がり、田中の横に立った。

田中は行李を見遣《みや》った。中には護身のために買った匕首《あいくち》がしまわれていた。

刀は西郷の犬の世話係に雇われた時に始末してしまっている。代わりにもとめた匕首には刀とは異なる修練が必要だった。田中はこれを夜中に起き出して、低木の茂みを相手に鍛錬を続け、我が物としていた。

──あれさえ手にしていれば──

するとコソ泥の方が匕首を懐から出した。

「人が来ないように心張棒を当てて来い」

命じた声に聞き覚えを感じた。

──だが、まさか──

そのとたん、匕首が突き付けられて、喉元《のどもと》がひやりとした。

「行灯を消せ、静かにしていろ、静かにさえしていれば何もせん」

やはり相手のこんな時にもかかわらず細すぎる声に覚えがあった。

そこへどんどんと油障子を叩く音が、長屋のあちこちから上がった。

二

「おい、起きろ、開けろ、開けるんだ」

「ここを開けないと後で引っ括《くく》るぞ」

「誰《だれ》か居るはずだぞ」

「匿《かくま》い立てするとためにならんぞ」

男たちの大声が響き渡り、田中の家の油障子も乱暴に叩かれた。

田中は賊《ぞく》から背に匕首を突き付けられた状態で、

「はい、只今《ただいま》」

油障子を開けた。

賊は田中を楯《たて》にして屈《かが》み込むと、匕首を突き付ける位置を大腿部《だいたいぶ》に変えた。

「誰か来なかったか？」

月明かりの下で取締組の血走った目が睨《にら》んでいる。だが、

――こうなっては取締組など少しも怖《こわ》くない――

自分でも驚いたほど平静にいいえと答えていた。

「誰も来なかったろうな」

相手は念を押し、

「はい、わたし一人です」

田中は平然と応《こた》えて、

「ちっ」

取締組の一人が舌打ちした時、

「向こうだ、向こうを探せ」

離れた場所から声が上がった。

「よしっ、行くぞ」

手棒を握り直した取締組たちはその場を走り去った。

「さあ、追っ手は行きました。出て行ってください」

なぜか、匕首を突き付けている相手に対しては声が震えた。

「すまぬな、造作をかけ申した」

匕首の刃先が大腿部に触れる感覚はなくなり、変わらぬ細い声は礼儀正しかった。

――こいつはきっと元武士だ。夜中に人を叩き起こしておいて、詫《わ》びの言葉一つ言えない、無礼極まる取締組とはえらい違いだ。そもそも取締組には足軽以下の軽輩《けいはい》上がりが多く、その中には新政府に職を得て調子に乗っている輩《やから》がいる。あこぎな強請で商人たちを悩ませていたあの久保五郎太もそうだった。しかし、このような礼節を弁《わきま》えた奴がなにゆえコソ泥で追われるのだ？　やはり何という理不尽な御時世なのだろう？――

いささか賊が不憫《ふびん》に思えてきた田中は、

「ああ、でも、今出て行けば、奴らと鉢合わせするかもしれない。しばらくここにおいでなさい」

知らずと引き留める言葉を口にしていた。

――俺《おれ》としたことが――相手は追いかけられている、正真正銘の賊なのだぞ。今にもまた、匕首が突き付けられるかもしれないというのに、どうかしている――

田中は自分で自分の気持ちがわからなくなった。

――おそらく、西郷先生の命で、新政府の役人や、その恩恵に与《あず》かっている商人たちの横暴を糺《ただ》す毎日ゆえなのだろう。とはいえ、士分が悪さを働かないわけではない。その者たちは今、こうして追いかけられていた賊が、いずれそうなるように、礼儀をわきまえない取締組に獣のごとく捕縛され、厳しい処罰を与えられるのだろう――

「暗くたまらない気持ちになった田中は、

「灯《あか》りをお願いできませんか？」せめて助けられたお礼をきちんと申し上げたいので」

相手に乞《こ》われて行灯に灯を入れた。

——これは袖《そで》すり合うも多生の縁の裡《うち》と思いたい——

田中はくつろげていた寝巻の衿《えり》を正し、賊は被《かぶ》り物を取った。

灯りの下で、二人は互いの顔を見合った。

「おおっ」

「あああ」

二人は互いを指差し合って声を上げた。

「肥沼丸太郎《こえぬままるたろう》ではないか」

田中は早くもなつかしさで目が潤《うる》みかけた。肥沼丸太郎は幼友達で、一緒に手習いに通い、北辰《ほくしん》一刀流の道場でも好敵手であった。

「あなたは深田真之助《ふかだしんのすけ》——」

肥沼の方は一瞬、荒《すさ》みと窶《やつ》れに侵食されているとはいえ、今も端麗《たんれい》な細面を顰《しか》めて苦しそうに息を呑《の》んだ。

「奇遇だな」

「ああ」

「こういう時はこれに限る、な、そうだろう？」

田中は、下戸《げこ》で大甘党の肥沼のために、手にしていた西瓜糖の小瓶の蓋《ふた》を開け、自分にはこっそり隠してあった酒の入った大徳利を出した。

「まあ、こんな御時世ゆえ、まずは互いに命があったことを祝おう」

田中は肥沼を座らせて向かい合った。

同じ小普請組《こぶしんぐみ》ではあったが、肥沼家は田中こと深田真之助の家より禄高《ろくだか》が上であった。二人は同い年である。それでいて肥沼を弟のように扱ってきたのは、田中が手習いや剣術で頭一つ抜きん出ていたからではなく、相手の生まれついての気性によるものだった。

肥沼丸太郎が歩いていると、追い越し際に尾行《つけ》てきたと思われる娘が肥沼の片袖に恋文を投げ込んでいった。怖いもの知らずのおきゃんな町娘が多かったが、中には大胆不敵な武家娘もいた。

肥沼丸太郎はその名に似ず、しなやかな痩身《そうしん》で色白で整った顔の優しい眼差《まなざ》しと、やや憂いを含んだ、形のいい鼻が強調される横顔が女たちを見惚《みと》れさせた。

頭が冴《さ》え、剣術も優れていたにもかかわらず肥沼には欲が無かった。

――俺ほど懸命に精進すれば、こいつは学問でも剣術でも俺の上を行ったはずだ――

気はそう弱くはなかったものの、無欲が禍した肥沼は、あいつの取り柄《とりえ》は女に好かれるだけだと、とかく、男友達の間で蔑視《べっし》されがちであった。

――若い男に天下国家や野心は一大事だが、それにも増して時に眠れなくなるほど興味津々《しんしん》なのは女だ。誰《だれ》もが女に好かれて寄ってこられる肥沼に敵意を抱いていた――

男友達たちの肥沼に対する根深い敵意に田中はいち早く気づいた。

――このままでは虐《いじ》めに遭《あ》ってしまう――

苦肉の策が弟扱いで目下に見て、周囲に得心させると共に自分たちの親しさを訴えることであった。そんな絆《きずな》を周囲はもちろん、肥沼自身もすんなりと受け容《い》れた。

――それでも、家が焼けて遠縁を頼って寄宿して以降、疎遠となり、名や身分を変えて、今をときめく西郷隆盛の犬の世話係を志願し、住み込んだことは告げず仕舞いになっていた――

田中は肥沼を頼れる相手だと見なしていなかったのである。

「俺もこれをやるから、おまえも遠慮するな。大丈夫、酒ではないし、美味《うま》いぞ」

田中は盃《さかずき》で酒を呷《あお》り続け、促された肥沼は西瓜糖の入った小瓶の中身を少し右掌《みぎて》にあけた。そのまま、すっと口へと運んで音をさせずに啜《すす》り込む。粗野なようでいて何ともその仕種《しぐさ》は優雅だった。

――コソ泥に堕《お》ちるくらいなら、いっそ、女に生まれた方がよかったのかもしれない――

「この身が衆道《しゅどう》(男色)に向いていればよかったとさえ思うこともありました」

ふと洩《も》らした肥沼は西瓜糖を啜り続けている。

――よほど苦労が多かった上に、今は腹が空いているのだ――

「うちの両親は焼け死んだが、おまえの方の家族は達者か?」

田中は訊《き》いてみた。

「流行病《はやりやまい》で父と妹が亡くなり、今は長患いの母だけです。とにかく薬代がかかって——」

肥沼は俯《うつむ》き、田中は〝それでコソ泥をはたらいているのか？〟と念を押しかけたが、

「なにゆえ、深夜、取締組に追われていたのだ？」

遠回しに今の暮らしぶり、生計の立て方を訊いた。

「ただの人違いです」

肥沼は平然と言い切った。

——人違いだと？　どこの誰との人違いなのだ？——

田中は板敷に置かれた被り物の手拭《てぬぐ》いと、胸元に吸い込まれた匕首を等分に見た。

——どう見てもコソ泥ではないか？——

だがもう、これ以上は追及せずに、

「ともあれ、俺とおまえは友達だ。今夜は泊まっていけ」

田中は肥沼に煎餅《せんべい》布団で寝るように勧め、自分は隅《すみ》で行李に身体《からだ》を預け、羽織をかけて休むことにし、行李の中から匕首を取りだし握りしめた。

——俺だと知らなかったとはいえ、今の肥沼は持っている匕首で人を脅《おど》す。断じて油断はできない——

束《つか》の間《ま》うとうとしただけで田中はろくに眠れなかったが、肥沼の方は朝まで大きな鼾《いびき》を掻《か》き続けていた。

――秀麗な風体に似つかわしくない鼾を掻く奴だった。女たちとて、この鼾を聞かせれば百年の想《おも》いも冷めてしまうことだろう――

翌朝、油障子を叩く音がしても、肥沼は一向に目覚めなかった。

三

「今、開けます」

土間に下りて田中が開けると、左隣りに住まう阿佐《あさ》が立っていた。阿佐とは牛鍋《ぎゅうなべ》屋で会って給仕をしてもらって以来、朝、井戸端で挨拶《あいさつ》を交わすだけで話らしい話はしていない。

「おはようございます」

阿佐は鼾の聞こえている板敷の方を見た。

「昨夜は皆さん、災難でしたね」

田中は挨拶代わりに取締組の話をした。

「とにかく大騒ぎでしたもの――」

阿佐の目はまだ板敷に注がれている。

「実は昔の友人が来て泊まっているのです」

「それでは朝餉《あさげ》が要りますね」

「それはそうなのですが――」

常日頃、田中は早朝から開く煮売り屋等で買って済ませている。

「うちの朝餉でよかったら、二人分、今からお持ちします」

「しかし、それでは――」

「その代わり、また、はま屋に来て牛鍋を召し上がってくださいな」

「ありがとう」

しばらくして阿佐は炊《た》き立ての飯と葱《ねぎ》の味噌《みそ》汁《しる》、納豆、鰯《いわし》の丸干し焼きの膳《ぜん》を運んできた。

その頃《ころ》にはさすがの肥沼も目を覚まして、井戸端に出て顔を洗って戻《もど》ったところだった。

「肥沼丸太郎です」

肥沼はひっそりと名乗った。

「深田様の隣りに住む原田《はらだ》阿佐です」

田中は熱心に二人の様子を観察していた。

肥沼の頬《ほお》は染まっていて、阿佐の方は緊張の面持ちではあったが、その目は初対面の田中に向けられた時のようには濡《ぬ》れていなかった。

――時折、こういうことがある――

田中はほっと安堵《あんど》しつつ、どっと後ろめたさが募《つの》った。

――たいていの女たちは美男の肥沼を一目見てのぼせ上がる。肥沼の方は無関心だというのに――、あの時も違った――

田中は、肥沼が想いを寄せていた女を奪ったことがあった。女の名は幸恵《ゆきえ》。

奪ったというのは結果で、行き掛かりでそうなっただけである。肥沼の想いを代弁すべく訪ねた田中に、

「わたくしの想いは深田様、あなたにございます。あなたとなら添い遂げましょう」

幸恵がはっきり求愛してきたのであった。

幸恵の家も肥沼家と同じ小普請組の御家人で、釣り合いは取れていたにもかかわらずである。

聞いた田中は当初、とても幸恵の言葉が信じられず、

「家と家の釣り合いばかりではありません。その気にさえなれば、肥沼は学問でも武芸でもわたしを打ち負かすでしょう。それになにより、あの通りの稀《まれ》に見る役者をも凌《しの》ぐ男振りです」

仲介者としての役目で畳みかけた。

すると幸恵は、

「男振りなどいずれは褪《あ》せましょう」

さらりと言ってのけ、

「それとわたくしは万事が整いすぎているお方には惹《ひ》かれないのです。たとえ荒削りでも、何か、途方もなく大きなことにぶつかっていく、あるいは手の届きそうもないものを命懸《いのちが》けで得ようとする、ぎらぎらした情熱と野望をお持ちの殿方が好みなのです。わたくしが男だったら、生きてみたいと思える骨太の人生を生きる方に嫁ぎたい」

田中に向けてきらきらした瞳《ひとみ》で華やかに微笑《ほほえ》んだ。

この言い分に心を鷲摑《わしづか》みにされた田中は、

「お願いです、どうか、このわたしと添ってください」

人目のない川辺だったこともあり、思わず幸恵を抱きしめていた。

友を欺《あざむ》くことなどできない性分の田中は、この経緯《いきさつ》を肥沼に話した。

すると肥沼は不快感など微塵《みじん》も表さず、

「そうか、やはりな」

短く応《こた》えただけだった。

――幸恵のことがなければ、いくら肥沼が頼りないとはいえ、細々とでも連絡は取り合っていたかもしれない。最後に偶然会ったのは幸恵の墓前だった――

ぎらぎらした男が好きだと言った幸恵は健康そのもの、大きな島田の結髪が似合う、やや彫りの深い美形で薙刀《なぎなた》の名人でもあったが、流行風邪《はやりかぜ》が蔓延《まんえん》した幕末、臨終に駆け付ける間もなく旅立ってしまったのである。

――俺が遮二無二《しゃにむに》野心家になろうとしているのは、あの世の幸恵を喜ばせたいゆえか、あるいは幸恵からの呪縛《じゅばく》か？――

そして、今、見るからに生活に窮している様子の肥沼と遭遇《そうぐう》してみると、

――足を棒にして府中を駆けて調べる役目ではあっても、暮らしには困らないし、俺の上には西郷先生がいてくれる。俺は恵まれている――

田中は何とはなしに後ろめたさを感じた。

さらにそれには、

――阿佐さんと隣り合い、肥沼が現れたのは滅多にない偶然だ。肥沼は阿佐さんに惹かれるだろうが――

女を巡る過去が錨《いかり》のように心を重くしていた。

――これは余り無いことだし、自惚《うぬぼ》れでもないのだが、時に肥沼ではなく俺を好く変わった女がこの世には居る――

「女子《おなご》のことを訊かないのですか？」

朝餉を食べ終えた肥沼は田中に微笑《ほほえ》みかけた。

「衆道などを引き合いに出さずとも、その気になれば、食わしてくれる女に事欠かぬだろう。だが、そうはならぬのがおまえだ。おまえは昔から〝お慕いしています〟と群がってくる女に興味などなかった。己の惚《ほ》れたい女を見つけて、惚れて惚れて惚れ抜くのがおまえ流だった」

田中の言葉に肥沼はうんと大きく頷《うなず》くと、笑顔を消し、

「わたしとて大望はあるのです」

真剣な面持ちで言い切って立ち上がった。

西郷は例によって通ってくる川路利良《としよし》と蚊帳《かや》の中に居た。

「つかぬことを伺いますが」

前置きした川路は、

「牛鍋屋同士の確執を糺《ただ》し、美味い牛鍋で客をもてなして栄えさせるようにという命は、この川路利良、つつがなく果たしました。ですが、牛鍋屋のあの一件、いったいどうやってあそこまでお調べになられたのでごわすか？　誰に命じられたのです？」

首を傾げつつ、少々気色ばった。

自分に命じてほしかったという思いゆえであった。

「おいが調べた」

「ご冗談《じょうだん》を」

「ま、今んとこはそういうことにしといてくんせ」

西郷は片目をつぶって見せた。

「わかりました」

川路は渋々頷いた。

「人は先に進まにゃならん。見せてくいやんせ」

「それでは――」

川路は西郷に府中で起きた事件が書かれている紙を渡した。

「元幕臣である旗本のところの蔵だけではなく、長屋にまで爪《つめ》を伸ばすコソ泥が多いのう――」

紙に書かれているのは盗難の被害届が主であった。

「慶喜様《よしのぶ》の駿府《すんぷ》行きに付いていかず、東京に残った元旗本の屋敷の蔵には将軍家からの拝領品や、代々の主が趣味で集めた高価な陶器等が眠っとります。これらは金持ちたちが飛びついて文句なく高く売れよります。長屋までが狙《ねら》われるのは、この御時世で食い詰めた者たちが物乞《ものご》いにもなれず、飯や残り物を求めてのこともありますが、役者や看板娘が描かれた錦絵《にしきえ》など、ようは浮世絵が目的のこともあるようでごわす。これらは異人たちが喜ぶ安い土産物《みやげもの》です。七輪《しちりん》のくべものに使われるべく、丸められたものでもいくばくかの銭にはなるそうです。聞いた話では、浮世絵は海の向こうでさばくと、日本にある時の値が嘘《うそ》だったかのように、いい値になるとのことでごわした。何でも仏蘭西《フランス》じゃあ、意気盛んな絵師たちがこぞって、もてはやしているんだとか――」

「おいは浮世絵はよか画《え》だと思うとる。洋風の画はちょこちょことこまい点や線ば重ねて形をつくるが、浮世絵は清々《すがすが》しく潔か。ぐいと一筆の曲線が生きた人や生きもの、海や山になる。あれは何とも素晴らしかよ」

「わたしも同感です」

「そもそもよかものに日本も洋風もなか――」

「思い出しました、ジャポニズムち言われて、さまざまな国で讃《たた》えられとるそうです」

「どんどん国外に持ち出されるとは、何とも勿体《もったい》なか。何とか防ぐ手段はなかか？」

「何しろ、被害の数がこれほど多かですと、取締組も苦戦しておっとです」

「困った、困った」

そこで西郷はぱんぱんと手を鳴らして、熊吉を呼んだ。

「川路に、朝、絞めた鶏《とり》を持たせて見送りやんせ。今日あたりはよか涼風が吹いとる。そろそろ家族で鶏鍋《とりなべ》もよかよ」

西郷は川路の妻の名や子どもの年齢まで知っていた。

聞いた熊吉は西郷に返事を返す代わりに頭を深く垂れて、

「さあ、行きまほうか」

川路を促した。

熊吉が人前で西郷とほとんど話さないのは親しさを隠すためであった。もちろん、密《ひそ》かに西郷が指揮を取っている府中特命見廻りについても、決して誰にも悟られないようにしていた。

四

川路が帰るのと入れ違いに桐野《きりの》利秋《としあき》が軍服姿で訪れた。

幕末に人斬《ひとき》り半次郎《はんじろう》と称された桐野利秋は改めるまでの名は中村《なかむら》半次郎、チューイと叫んで狩りのように相手を一撃で仕留める、示現《じげん》流の優れた使い手であった。

今でも、西郷の守護役を自任しているが、もうただの用心棒ではない。

すでに薩摩に居た頃、維新の軍功により高い禄を得ていた上、西郷と共に上京して、廃藩置県が実現した後、陸軍少将に任じられ、従五位の栄誉を賜《たまわ》っていた。

無邪気に文明開化を愛《め》でて始終横浜へと出かけ、大変な洒落者《しゃれもの》ゆえに男だてらに舶来《はくらい》の香水を求めて香らせていた。もちろん、女は大好きで、もてたいがためであった。

熊吉はこの桐野を歓迎しなかった。

幕末のある時から、西郷と一緒だったからこそ降ってきた栄誉に、我が世の春を謳歌《おうか》するがごとく、ちゃらちゃらと酔いしれているように見えていたからである。

――上があんなだから、下のもんが始終、府中で羽目を外して暴れ回るんじゃ。吉之助《きちのすけ》さぁの心労を増やしとるも同じだ――

示現流の比類なき使い手と言われてきて、幕末必殺剣の代表のように崇《あが》められているが、その実、桐野は稀にしか人を斬らなかったという話も洩《も》れ聞いていて、熊吉は剣の達人説さえ疑わしいと思っていた。

――とかく目立ちたがる男はすかん――

それでも熊吉は西郷に桐野の訪問を告げた。

「横浜からの帰りのようでごわした。何でもあいすくりんの作り方を聞いて、材料をもとめてきたんで、吉之助さぁに食してもらいたいと言うておる。今日はこれから出なさるんで、断ってもよかかと思いますが」

出かけるというのは言わずと知れた、元薩摩江戸屋敷近くの料理屋老松屋であった。川路が訪れて府中の様子を知らせて帰ると、西郷はすでに呼んである田中が待つ、洗練された薩摩料理が美味い老松屋へと足を向けることになっていた。

肥大したふぐりを引き上げるようにして、よっこらしょと巨体を持ち上げて立ち上がりかけた西郷だったが、

「田中には悪いがもうちぃっと待ってもらって、せっかくじゃっで、桐野のあいすくりんを馳走《ちそう》になりもす」

蚊帳の中でどしんと尻餅《しりもち》をついて座った。

「あと一月ほどしたら、こん蚊帳もしまってよかでしょう」

熊吉の言葉に、

「いやいやまだじゃっど。蚊は強かよ。あのぶーんちゅう羽音を聞いただけでこん身がすくむとよ。おいは霜柱が立つまでこんままにしときたかぁ。よかね?」

西郷は泣くような声を出した。

苦手極まる蚊の話になって、西郷の薩摩訛《なま》りはやや強くなる。

一方、桐野はさっさと厨に入ってあいすくりんを作り始めた。

――厨を使う挨拶もなかか?――

熊吉は姑《しゅうとめ》根性丸出しなのだが、当人は気がついていない。

「精が出ることでごわすな」

感情を殺した顔で、しらっと話しかけると、

「これは実は咸臨丸《かんりんまる》の味なんじゃ」

桐野は得意げに小鼻をふくらませた。後は続けなかった。何も知らない桐野は熊吉のことを、朴訥《ぼくとつ》で謹厳実直なただの奉公人だと信じきっていた。

——西郷さぁもおいも、勝先生に聞いちょって、あいすくりんのこたぁ、とっくの昔から知っちょる——

熊吉は腹の中で笑った。

日本人で初めてあいすくりんこと、アイスクリームを食べたのは、幕末に咸臨丸で渡米した遣米《けんべい》使節団であった。

勝は二年ほど前に薩摩に帰っていた西郷宛《あて》に、あいすくりんについて以下のように文に書いてきたことがあった。

今日は横浜まで足を延ばしてみたよ。何でも咸臨丸で一緒だった仲間が馬車道《ばしやみち》に氷水屋の店を出してて、アイスクリームの店を開いたんで、味わいに行ったのよ。

あっちじゃ、アイスクリームという名だったが、こっちじゃ〝あいすくりん〟。仲間内の呼び名は幽霊《ゆうれい》菓子。

甘くて独特の風味があってさ、木目《きめ》がさ、女の肌よりもしっとりと細かくて、舌の上でふわっと溶けるんだよ、あいすくりんは。

米国でこいつをもてなされた時は、あんまり美味いんで皆、後でまた食べよう、それでも残ったら日本に持ち帰って、家族にも食べさせてやろうと、懐に大事にしまい込んだ。

　ところが、すぐに着物の中でべとべとになって消えちまった。アイスクリームは舌の上だけじゃなく、どこでも溶ける、雪片みたいな幽霊菓子だったんだ。皆、あの時、毅然《きぜん》とした侍を気取ってただけに、あまりの格好悪さに半べそを掻《か》いてた。半べその方がもっとみっともないのにな。

　今にしてみれば、これもなつかしい思い出だ。

　どうだい？　あんたも一つ、こいつを味わいに東京に出てきて、あいすくりんがある横浜に行ってみては。

安

吉へ

「こいは〝カスタードアイス〟いう名でごわす」

　桐野は大きな鉢とウイスク（泡立て器）という大きな茶筅《ちゃせん》を持参していた。鉢で牛乳、砂糖、卵黄を合わせて、よくかき混ぜた後、軍服のポケットに手をやって、中からハンケチを取り出した。

「店主に秘伝ちゅうのを聞かせてもらった」

　ハンケチに包んであった黒く干からびた細長い物を鉢に入れた。

　甘いだけではなく、何とも高貴で麗しい香りが漂ってきた。

「バァニィラちゅう豆で、あっちじゃ、カスタードアイスなんかの菓子だけじゃなしに女の香水にも使われてるそうじゃ」

桐野は得意そうに話した。

――バァニィラとねえ。見かけこそよくなかが、たしかに滅多にない、楽園に居るような夢のようなよか香りじゃっどん――

桐野なんかに自慢されるのは、このバァニィラの方もご免だろうと熊吉は心の中で舌を出した。

「こちらの桐野様にお届けです」

府中最大の氷室を持つ氷屋が大きな氷の塊を運んできた。

――まるで自分の屋敷のような振る舞いではなかか――

熊吉は呆《あき》れ返った。

「そいじゃ、言うた通り、その氷を小指の先よりも細かく砕いて砕いて――おいも手伝うで」

桐野は氷屋の主と一緒に氷を砕き始めた。

「熊吉、一つ、大盥《おおだらい》を頼む」

「へい」

はらわたが煮えくり返る思いでいっぱいだったが、言われた通り、熊吉は大盥を運んできた。

「ふむ、これでは大きすぎて、氷が足りんことあるな」

桐野は熊吉の方を見て顎をしゃくった。

熊吉は無言でやや小さめの盥を持ってきた。

桐野はこの盥に砕いた氷を詰め込んだ後、鉢の中に浮いているバァニィラを取り去り、鉢ごと詰めた氷の上に載せた。

「バァニィラの引き上げ加減、浸す時の量で風味が決まるっちゅう話よ」

この後は一時も気が抜けない大忙しとなった。

「あいすくりんの素が凍ってきたら、掻き混ぜるんじゃゃ。掻き混ぜる回数が多ければ多いほど、滑らかで口溶けのよかあいすくりんになるっち聞いとる。ここの書生はまだ居るだろう？　呼んでこい。皆に順番で掻き混ぜさせる」

こうして桐野が書生たちの音頭を取ってあいすくりん作りは続いた。

熊吉を除く書生たちは嬉々《きき》として桐野に従っている。桐野は維新の軍功者であるだけではなく、持って生まれた陽気さ、邪気の無さゆえに若い連中に人気があった。密かに憧《あこが》れて、桐野のようになりたいと思っている輩も何人かは居る。

鉢の中の黄色くとろとろしたものが集めた雪片のようにふわふわ、もったりしてきて、ウイスクが動かしにくくなり、とうとう立ち往生したところで、

「もう、よかじゃろう」

あいすくりんの完成を桐野が告げた。

「西郷先生には、おいが届ける」

桐野はやはりこれも横浜で買い求めてきたと思われる、朝顔型のギヤマンの器に、出来上がったあいすくりんを盛り付け、熊吉が見たこともない、絵柄のある瀟洒《しょうしゃ》な陶製の匙《さじ》を添え、自分の分と合わせて二人分を盆に載せた。

これを書生たちはごくりごくりと生唾《なまつば》を呑み込みつつ、感嘆のため息をついて見守っていたが、

「残りは皆で食うてよかよ」

桐野の言葉に歓声を上げた。

——こん男は吉之助さぁを喜ばしたいだけで、魂胆があるわけじゃあなかろう。じゃが、吉之助さあがこん手のちやほやに無関心なお方でなかったら、府中に蔓延《はびこ》る悪は見逃されて糺されず仕舞いになったろう——

熊吉はやや苦い思いになった。

五

西郷にあいすくりんを届ける後ろ姿を見送った熊吉は、

「どうぞ」

と言って、書生たちが小鉢に盛りつけて差し出してきたあいすくりんを味わった。

周囲に無口だと思われている熊吉は、自分が口を開く時は小言と決めていて、西郷の他

には誰にも好かれようとは思わず、とかく煙たい存在であった。書生たちは、そんな熊吉を差し置いて、桐野のあいすくりんに飛びつけるはずもなかった。

熊吉はすぐに木匙の動きを止めた。

「いかがでしたか？」

聞かれた熊吉は、

「うん、まあな」

曖昧《あいまい》に言葉を濁した。

――何とも不思議な甘さで牛乳と砂糖、卵黄、バァニィラの混ざった味は悪くないが、舌触りがしゃりしゃりしてて、固まりかけた固い雪片を食うているようだ。勝先生が米国で召し上がられたっちゅう、きめ細かなしっとりした感じとはほど遠いな――

「それではわたしたちもいただきます」

書生たちは手に手に木匙と小鉢を持って、

「はあ」

「ああ」

しきりに感動のため息をつきながら、鉢の中身が空になるまで食べ続けた。

半刻《はんとき》（約一時間）ほどして桐野が空になったギヤマンの器の載った盆を持って戻ってきた。

「先生はこいはうまか、うまかと何度もおっしゃってた。苦労して拵《こしら》えた甲斐《かい》があった。

おいの話もよう聞いてくださったしな」

上機嫌の桐野が帰り支度を始め、熊吉は西郷が手にしたと思われる、異国の花が描かれた陶器の小匙の柄に気がついた。白いこよりが顔を覗《のぞ》かせている。

西郷はこうしたこよりを常時、両袖《りようそで》に貯《たくわ》えていて、必要に応じて使っていた。こよりの意味は熊吉しかわからない。

――桐野どんの出費を慮《おもんぱか》ってのことだろう――

牛乳や砂糖、卵黄をとる卵もそう安値ではない。だが、それ以上にあいすくりんを作るために桐野が運ばせた氷は氷室でしか出来ない。これを切りだして運ばせたとなれば、目の玉が飛び出るほどの高値のはずであった。

――御一新時の手柄で相当よか給金を貰《も》ろうとる桐野どんでも、懐に響く額じゃろうな――

「こいを――」

桐野を門まで送った熊吉は、懐紙に包んだ太政官札の一両札をそっと、相手の軍服のポケットにねじ込んだ。

こういう時、たいてい相手は気がつかないふりをして門の向こうへと消える。桐野も同様であった。

この後、熊吉は西郷の元へと急いで、

「桐野どんを見送りましたで」

とだけ告げた。

「ご苦労じゃった。さあ、行くとしようか」

西郷は熊吉に支度を手伝わせて、一緒に裏木戸から屋敷を出た。

二人は老松屋へと向かいながらこんな会話を交わした。

「一つ、二つ、訊いてもよかですか？」

後ろを歩いている熊吉の方から話しかけた。

「よかに決まっとる」

「吉之助さぁは桐野どんを弟のように可愛《かわい》がっとでしょう？」

「桐野は振る舞いが大きすぎて生意気じゃと？」

「新政府で偉くなれば、ああして派手に金が使える、横浜で遊んで香水とかちゅう匂いのする水まで振りかけ、女たちにも騒がれるっちゅうのは、若い者たちによかことばかりではなかと思います」

「たしかにおはんの言う通りじゃ」

「ならば――」

少しは注意を促してはどうかと続けかけて熊吉はその言葉を呑み込んだ。

――いくら何でも、おいの分際でそこまでは言い過ぎだ――

「じゃっどん、いい屋敷に住んで、美味いものを食うてよか女子《おなご》と楽しみたい、時には威張ってみたいごつは、人が生まれついて持ち合わせとる生きる欲ではなかとかね。理想や理念だけでは生きられんのが人の性《さが》じゃと。じゃで、御一新を成し遂げたのは、おいや勝さぁではなか。徳川の世では貧乏な家に生まれた者は死ぬまで腹を空かせとった。そんなろくに飯も食えん境遇から、何とか這《は》い上がりたい、多少の贅沢《ぜいたく》もしてみたいちゅう連中の一念の賜物《たまもの》じゃと思う。そん意味じゃあ、桐野さぁは今も皆の希望の星じゃっど、そいがあの男のこの世での使命かもわからん」

西郷のこの言葉を熊吉は、

「吉之助さぁは心が広かねえ」

ただ寛容とだけ受け止めた。

「それと人にはそれぞれ使命がありもす。おいの使命は世の正義や思うとる。新政府の高官呼ばわりや、参議なんぞに祭り上げられるとやりにくかねえ。古今東西を通じて正義の貫徹は政《まつりごと》の中にはなか。政での取締は無法よりはよかだけで、政の都合でそこそこ正義の体裁が整えられるだけのこと。人のためになる真の正義は到底叶えられなかから、おいは政の外で追い求めようとしとる」

西郷は熱いまなざしを宙に向けて、

「そこに真の正義が息しとって、こうやって捕まえられるとよかねえ」

ひょいと片腕を突き出して、開いた掌《てのひら》を握って見せた後、振り返ってにっと熊吉に笑いかけた。

実のところ熊吉は深くは理解できなかったが、

――おいはどんなことがあっても、吉之助さぁの人助けについていく――

改めて強く決意した。


田中はおたかに通された奥座敷に座り続けていた。

「八ツ時（午後二時頃）ですのでどうぞ」

昼飯を抜いていると見抜いたおたかが、田中のために握り飯を幾つも皿に並べてきた。

「お若い方は八ツ時にもお腹《なか》が空かれると聞きました」

田中は少しの間、躊躇《ためら》っていたが、

「ごゆっくり、どうぞ」

おたかが茶を淹《い》れ替え、下がって一人きりになると、特別に海苔《のり》が巻かれている握り飯を夢中で食べた。一個腹におさめるともう止まらない。

十個ほどあった握り飯を食い終え、おたかが三度目の茶を淹れ替えてくれたところに西郷がやっと訪れた。

「待たせてすんもはんでした」

丁寧《ていねい》に頭を下げて謝り、恐縮した田中が応えに戸惑《とまど》っていると、

「こいを、よろしく」

川路から受け取った府中盗難届け一覧を見せた。

――手跡が牛鍋屋の時と同じだ――

田中も川路同様、相手が気になった。

「ここにもあいもす」

老松屋の裏庭にある目安箱に投じられた訴えのうち、盗みと関《かか》わるものだけを、おたかが書き抜いた一通もあった。

――これは手跡が違う。女手のようだ――。うーむ、どうにもよくわからないが、それよりも今は――

田中は二通の書を大きく目を開いて睨《にら》むように見据えつつ読んだ。獲物を狙う鷲《わし》の目を意識している。

「府中の盗みは悩みの種じゃっで。こげん多くては困る。何とか、取り締まる方法はなとか？」

それなら新政府には、夜間、長屋の住人を叩き起こして居丈高に尋問する、取締りの役目があるはずだと、危うく田中は口に出しそうになったが、

――西郷先生は今の新政府のやり方では駄目だと見て、俺にこの役目を仰せなのだ――

思い直して、もう一度、鷲の目になって一覧を読んだ。

「鳥井《とりい》美津《みつ》という者が気になりました。どちらにも出てきています。名指しで書かれていたただ一人の女子です」

「だが、どっちにも、この女子のところの香炉《こうろ》や貝合わせの一揃《ひとそろ》い、茶器や菓子盆、白磁の壺《つぼ》や皿が本物かと書かれているだけだ。鳥井美津が盗みを働いたとまでは書かれてはお

らん。ありがちな中傷ではなかか？」

「そうかもしれませんが、わたしはこの女子がいったい何者か気になります」

「たしかに京橋炭町《すみちょう》に住んでいるとだけしか、書かれてはおらん」

「まずは鳥井美津を調べさせてください」

「よか」

　こうして田中は鳥井美津を調べることになったのだが、この日、長屋に帰り着いて、井戸端で瓶《かめ》に水を汲《く》んでいると、

「ねえねえ、またまた、あれよ、あれ」

　赤子を背負った若いかみさんが、手にしたばかりのかわら版をひらひらさせながら、愉快そうに大声を上げた。立ち止まったのはちょうど井戸の真ん前であった。

「おおかた鳥井美津のいつもの見せびらかしだろう？」

　聞きつけた年増のかみさんが油障子を開け、飯を研ぎかけた釜《かま》を抱えて出てきた。

「いやだねえ、ったく鼻につくったらありゃしない」

　もう一人はよちよち歩きの子どもの手を引いている。

　三人が井戸端に立ったところで、

「お先に」

　田中は井戸端こそ離れたが、自分の家へはゆっくり歩き、耳を澄ませた。

六

「でも、どうしてあの女、次々にお宝を自慢するのかしら?」

「そりゃあ、かわら版に載るためさね。かわら版はいい引き札（広告）代わりになるだろうから」

「あの恥知らずぶりはどうにも我慢がならないよ。今時あそこまでのお宝は本物じゃありっこないから、ある人があの女は盗っ人に違いないって、番屋に届けたんだって。それ、あたしが下働きで通ってたことのある山本様《やまもと》の奥様で、道でばったり会った時教えてくれたのよね。気の毒に世が世なら立派なお家の奥様なのに、御時世で三度のご飯はいつも伸ばしたお粥《かゆ》で、顔が映って見えるほどなんですってさ」

「おいたわしいね」

「あたしが聞いたのは知り合いの三味線《しゃみせん》のお師匠《ししょう》さん。習いに来る子が減って実入りが悪くなったのは、あの女のせいだって、年老いた松（老松屋）の目安箱に、偽物《にせもの》商いのことを書いた文を入れたんだって」

「それもわかるよ」

「あたしも、恩のある奥様に頼まれたんで、そのうち、番屋に届けてみるんだ」

「あら、あんたも? あたしの方はその三味線のお師匠さん、甥《おい》の嫁の姉さんの嫁ぎ先の娘さんで、満更、他人でもないし、年老いた松に行ってみようかな。あそこじゃ、上って料理を食べなくても、目安箱に文を入れさせてくれるんだって」

「なら、あたしは番屋と目安箱、どっちも行くよ。なに、ちょいと工夫すりゃあ、同じ女だってわかるもんかね」

「わああ、頼もしいっ」

「さすがだわ」

二人は歓声を上げ、

「許せないものは許せないよ。この御時世、できることは何でもやんないとね」

最後は年増が締め括《くく》った。

ずっと聞いていた田中は、よくわからない話ながら、始終かわら版に載ることもあって、鳥井美津の名が府中に知られていて、ここに住んでいるような女たちからの評判が酷《ひど》く悪いことだけは理解した。

最も分からないのは、時世柄、できることは何でもやるというのはどういう意味かと、年老いた松とは何なのかということであった。

翌朝、田中は待ち構えていて阿佐に訊いた。

「鳥井美津さんなら、京橋で、嫁入り前の娘さんたちに礼法を教えている先生です」

阿佐はさらっと告げた。

「なにゆえ、あれほど悪く取り沙汰《ざた》されるのでしょうか？」

「それなら牛鍋屋と同じで一度出向かれればわかります」

ふふっと阿佐は笑った。

「そうします」

田中は早速出向くことに決めた。

「ああ、でも、牛鍋屋のようには入れてくれないかも」

危惧《きぐ》した阿佐を田中は思わず見つめた。

――この女ならば――

「あなたの府中特命見廻りって、何だかとっても面白そうだし、わたしもお役に立ちたいところですけど、これぱかりはわたしでは駄目――」

阿佐はにやにや笑いになった。

「どうして駄目なのですか？」

「何よりわたし、年齢がいってますし、鳥井塾は若くて両親がそこそこ裕福でないと入れてくれません。謝儀《しゃぎ》（月謝）も高いのです。わたしには全く向いていないことがおわかりでしょう？」

阿佐はばっさりと言ってのけて、ははは と声に出して笑った。

「なるほど」

相づちを打つしかなくなった田中に、

「ごめんなさい、あなたにお伝えすることがあったんです。三日ほど前だったかしら、あなたのいなかった昼間に、この前泊まっていったお友達が見えました」

「あの肥沼丸太郎ですか？」

「たしか、そういうお名でしたっけ」

肥沼がまた、訪ねてきたと聞いて田中は気になった。

「どんな様子でした？」

「お腹の鳴る音が聞こえたので、わたし、あなたの大事なお友達ですし、召し上がり物を勧めました。ちょうど父も留守でしたので、家《うち》の中で召し上がっていただいてもよかったんですが、外で待っているとおっしゃったので待っていただきました。冷めた残りご飯では焼きお握りしか出来なくて。ああ、でも、残った牛鍋の残りの汁を店から貰《もら》って帰って漉《こ》して煮詰めた、とっておきのタレがあって、これを刷毛《はけ》で塗ってこんがり焼いたんですよ。変わり種で今風の美味しさはあったはずです。これを渡すと肥沼様は礼を言われて帰られました。挨拶のすがすがしい方ですね」

「お手間をかけてすみませんでした」

田中は頭《こうべ》を垂れて、一瞬、歪《ゆが》みそうになった自分の顔を隠した。

──老松屋の女将が海苔を巻いてくれた、ほかほか炊きたて飯の握り飯は美味かったが、阿佐さんが拵えた牛鍋ダレの焼き握りは特に食べたかった──

その一方、

──肥沼は恥を忍んでまた、ここへ飯をねだりに来るほど暮らしに困っているのだ──

旧友の貧窮《ひんきゅう》ぶりが案じられた。

──熊吉さんは、西郷先生に関わることになると石橋を叩きすぎて割ってしまうほど慎重だ。ゴン助は気難しい犬なので皆、手を焼いているはずだ。そのせいで俺の後の犬の世話係はまだ決まっていない。犬の世話係として肥沼が雇ってもらえるよう、西郷先生にお願いしてみようか──

西郷は新政府への出仕を望む来客があるたびに、

「よかよか、おいに任せてくいやんと」

大船に相手を乗せている。

──あの調子で雇ってくれるのでは？──

思わず懐の広い西郷の人柄に頼りたくなったが、

「徳川さんの大奥ちゅうところじゃ、あの最中、側妾《そばめ》が我《わ》が儘《まま》放題に上様におねだりをせんように、寝ずの番で見張りが控えていたと聞いたさ。身分の低か側妾はとかく家族のめんどうを見たくて、あれこれねだるんだとか。おねだりで政を動かそうとする者も居る。寝ずの番は大奥のしきたりいうこっちゃが、まさにうがったよかものじゃ。大奥の厳しいしきたりにも学ぶところはあるから、見習わんとな」

熊吉はこうして繰り返す十八番の文句で配下たちに睨みをきかせている。

──あれではとても肥沼のことなど言い出せない──

なぜか田中はほっとしていた。

──肥沼だって阿佐さんの厚意が俺の友であるゆえだときっとわかっているはずだ。それでもあいつは牛鍋のタレの焼き握りを振る舞われて、一方的な想いをますます募らせることだろう。あの時のように、また、一人の女を取り合う仕儀になりたくない——ようは肥沼の先行きを気にかけながらも、今の自分の暮らしには関わってほしくない田中であった。

長屋を出た田中は京橋を目指した。日本橋通りを京橋炭町を目指して歩いていると、人力車が何台も歩いている人々を追い越していった。

——ここに武家屋敷風の新築か？——

徳川の時代には、多くの商家が軒をならべ賑わっていた。

——でも、まあ、今は御一新後の御時世ゆえ、こういうこともあるのだろう。それにしても、女子の礼法の教授とはよほど儲《もう》かると見える——

田中は〝麗し白百合《しらゆり》流礼法塾〟と書かれた門札の下へ、次々と身形《みなり》の悪くない母娘《おやこ》が吸い込まれていく様子を見ていた。

思い切って続いて門を潜《くぐ》った。

玄関の前では、白百合の花が地模様に描かれている着物姿の若い女が墨に浸した小筆を渡してくれた。

「お相手の方とあなた様の御名をお願いします。最近は殿方もあなた様のようにおいでで、鳥井先生の礼法教授を祝言前の贈り物にされる方もおいでです。どうか、お楽に」

決めつけられてしまった田中は言われるままに、深田真之助、吉岡《よしおか》幸恵と書いた。

――はじめから、府中特命見廻り役と言って、口を閉ざされては困る――

それから長い間、待たされた後、田中は鳥井美津のいる離れに通された。離れへと向かう渡り廊下からは、緋鯉《ひごい》が時折跳ね上がっていたが、これらは優雅に遊びを楽しんでいるようにも見えた。

離れまで続く広く長い廊下の一角で足を止めた案内の者が、

「これには世で最も評価の高い狩野永徳《かのうえいとく》の落款《らっかん》があるのです。京より運ばれた足利《あしかが》将軍の時代のものと聞いております」

紅葉《もみじ》が幻想的に舞っている様が描かれている屏風絵《びょうぶえ》を指差し、

「何でも美津先生がお仕えしていた大奥総取締役様よりいただいたものだそうです。そのようなお方からこれほどのものを頂戴できたのは、美津先生の非の打ち所がない忠勤ぶりゆえでございましょう」

ほうとため息をついた。

七

その後、田中は入塾希望者たちがいる座敷に招き入れられると、思わずうーむと唸《うな》った。

ぱっと目に入るのは、座敷の片側に敷かれた緋毛氈《ひもうせん》の上の衣桁《いこう》に掛けられた、金糸銀糸が鶴《つる》と亀《かめ》の絵柄に贅沢に使われている祝い事用の打ち掛けで、取っ手に金粉で模様が施されている桐簞笥《きりだんす》、螺鈿《らでん》という貝殻が使われる精緻《せいち》で贅沢な技法の小簞笥が置かれている。

そのそばには金蒔絵《きんまきえ》を施された煙草盆《たばこぼん》と煙管《きせる》、同じく櫛《くし》が置かれている。

ここには田中のような男《おのこ》は一人もいず、娘を連れた商家のお内儀たちばかりであった。きちんと髪が結われ、地味な絵柄が選ばれてはいたが光沢のある上質な絹地とわかる物を着ていた。

隣りの部屋で入塾面談が行われているとあって、娘たちは緊張して一言も発せず、母親たちはひたすら声を低く落として話をしていた。

「何と目映《まばゆ》くご立派なこと、噂《うわさ》には聞いていましたが、どれも、さすが大奥にあったお宝ですね」

「本当に。でも、もっと沢山、いろいろなものがあったと聞きました」

「それ、雛飾《ひなかざ》りのことでは？　今の時期はしまわれているのでは？」

「まあ、残念」

「でも、ここに入塾できれば、例年開かれるという雛祭りの宴《うたげ》で拝見できますよ、きっと」

「楽しみですわ。でも、打ち掛けの柄が豪華とはいえ、鶴亀なのがちょっと――。すでにここの塾生になっている娘さんのお話では、中秋の打ち掛けの絵柄は厚物（見事な大輪の菊）ということでしたのよ」

「厚物の打ち掛けと一緒に、葵《あおい》の御紋（徳川家の家紋）の入った扇をご覧になった方もおいでとか――」

その声はさらに一段低かった。

「まあ、あなた、葵の御紋だのと――。この御時世、滅多なことはおっしゃらない方が――」

おろおろと注意の声が飛んだが、母親たちの話は一向に止《や》まなかった。

「それはそうですけれど――。ここの先生は大奥で身につけられた、女子の厳しい礼儀作法という、前の世の美点を身をもって讃《たた》えておられるでしょ。たしかに昔から大奥で行儀見習いをした娘たちは嫁入り先も殺到して、大変な栄誉でしたもの。とはいえ世間は厄介《やっかい》なもの、ここの先生を誉め上げる一方、売名だ、金儲けだと罵《ののし》り、娘を将来のある新政府のお役人に縁づかせようとしているなどと、入塾させたい私たちを羨《うらや》んでいるのですからね。いつの世にも親は娘の幸せな結婚を願うものですのに」

「何しろ、新政府のお役人ときたら薩長土肥の田舎者ばかりで。さすがに京のお姫様とまでは高望みせず、大奥流の女のたしなみを身につけた女子を妻にと望んでいるのが、昨今の嫁入り事情のようですものね」

「かの方々を例にとるまでもなく、京のお姫様たちはとかくお体がお弱いので、お子に恵まれにくいでしょうし、懐具合もよくないと聞きました。それで新政府のお役人たちは、ここに通わせられるほどの家で、十人並みの元気な若い町娘がいいのだと――」

「御一新で世の中が変わりましたものね」

「平民だからと遠慮は要りません」

「夫はここは娘を新しい玉の輿《こし》に載せるための場所だとまで言っていました」

「あら、うちの亭主も――」

「うちもですわ」

互いに頷きあって母親たちはやっと話を止めた。

――娘を持つ両親というのはなかなかしたたかで野心家だ――

野心家を自認していた田中ではあったが、圧倒されてたじろぐ思いだった。

すると、そこへいきなり、廊下の障子が開いて、玄関で受付をしていた若い女が現れた。

「皆様、勝手ながら、本日はこれまで。入塾のための面談は明日に日延べさせていただきます。わたくしども〝麗し白百合流礼法塾〟の鳥井美津先生に急な御用事ができたのです。せっかく、お待ちになったのですから、皆様にはお帰りになる際、順番を書いた紙をお渡ししておきます。入塾面談にはそこの皆様を優先いたしますので、明日に限ってはお待ちにならずにすみます。お帰りいただく前に鳥井先生から一言お話がございます」

その女が後ろへ退くと鳥井美津が前に立った。

田中はつんとした狐《きつね》顔の美人を連想していたが、丸顔の愛嬌《あいきょう》のある狸《たぬき》顔の女だった。年齢は見当がつきにくかったが、幕末に江戸城大奥に出仕していたとなれば、二十歳はゆうに越えているはずだった。

「〝麗し白百合流礼法塾〟の塾長鳥井でございます。実は、今から新政府の取締組の方々がおいでになります。皆様、気づいておられる方もおいでてでしょうが、ここに昨夜、盗賊が入り、皆様にお褒《ほ》めをいただいている厚物の打ち掛け等、わたくしが大奥で親しんだ多くの貴重な品々が貯《たくわ》えともども盗まれてしまったのです」

聞いていた者たちは田中も含めてあっと短く叫びかけた。

「お役人様方にお話しする前に一言、わたくし鳥井はこうして、お嬢様ともどもおいでくださった方々、親代わりに妹様のために足を運ばれた殿方――」

鳥井はちらと田中の方を見て頷き、

「ようは、この鳥井の仕事をご理解いただいている方々に想いをお伝えしておきたいのです」

片袖を目に当てつつ、

「わたくしは府中に住まう者として、盗みの届けは出しました。けれども、大奥から下賜《かし》された品々も、日本の女子は大奥女子のごとくあるべきだという、このわたくしの信念にご賛同いただける皆様のおかげで貯えた金子も少しも惜しくはないのです。金子だけではなく、わたくしのところにあった高価な品々が金子に変わり、必要とされている方々の手にわたるのであれば、それでよいのです。大奥はこのわたくしを育ててくれました。その薫陶《くんとう》のおかげでこれからも、胸を張って生きていけます。賊がわたくしの命を残してくれたのではなく、大奥の神様がわたくしを助けてくれたものと感謝しております」

淀《よど》みない美声で語り終えた。

「何という有り難いお言葉――」

「おっかさん、あたしどんなことをしてもここへ入りたいわ」

母娘たちも釣られてしきりに涙を流したが、

――狐は人を化かすが、ぶんぶく茶釜の話があるように、狸も化けることはできたんだっけ――

田中は冷静に感心しつつ、

――もっとも、ぶんぶく茶釜は仲間との化け比べで茶釜に化けた狸が、元の姿に戻れなくなり、火に掛けられ焼き殺されかけるが、気がついて助けてくれた古道具屋に忠誠を尽くすという恩返しの話だが――こっちはなかなか善人の芸が上手《うま》い、たいした役者ぶりだ――

鳥井の空涙《そらなみだ》を見破っていた。

翌日、田中はもう京橋炭町へ足を向ける気がしなかった。

鳥井が田中たちに語った涙ながらの主張は、すでにかわら版に踊っていたからであった。

〝大奥失《う》せても大奥の気概は失せず。さすが大奥勤めだった鳥井美津、これぞ、公方様に仕えた女子の手本、女子の鑑《かがみ》〟とある。

番屋の番太郎等を含めて、事件に関わり、これを取り調べする役人たちがかわら版屋にネタを売るのは、今も徳川の世も同じであった。

鳥井美津の盗難被害を調べた取締組の者が、これはいい実入りになるとばかりに、懇意《こんい》のかわら版屋に話を売ったのだろう。

——これでまた、鳥井美津の〝麗し白百合流礼法塾〟の入塾者が殺到すること間違いなしだ。たしかにこれも、相長屋のかみさんたちが言っていた通り、自分の商いを流行《はや》らせるため以外の何ものでもないな。だが、待てよ——

田中はふと、廊下にあった、狩野永徳の筆による、高額の極みと思われる屏風絵が盗まれていなかった事実を思い出した。

——本当に菊の打ち掛け等は盗まれたのだろうか——。もしや、騒がれるための自作自演では？——

そこでこれまで鳥井美津について書かれたかわら版を、阿佐に頼んで長屋中から集めてもらった。

何ヶ月も前のものの中に以下のような鳥井からの聞き書があった。

わたくしは二百石取りの旗本の血こそ受けておりますが、母は出入りの植木屋の娘でした。旗本であるお殿様が母に産ませた娘です。

もちろんお屋敷の奥様には内緒でしたが、そのうちに奥様の知るところとなり、実の娘のように十分な養育をするからと言う名目で、生母から引き離され、わたくしは五歳で旗本家に引き取られました。

しかし、奥様のそんな話は実は真っ赤な嘘《うそ》でした。奥様はたいそう御気性の荒い方でわたくしを奉公人代わりにこきつかうつもりだったのです。

旗本とはいえ、内証は苦しく、奉公人は一人でも減らしたかったのです。皆が口を揃えて言うので申しますが、もったいなくも、わたくしは将軍家五代、常憲院《じょうけんいん》（徳川綱吉《つなよし》）様のご生母様である、桂昌院《けいしょういん》様に生き写しだと言われ続けていました。

桂昌院様には、身分の高い京の姫様や御大名や大身のお旗本ご息女にはない、町娘の愛くるしい美しさと、ご継嗣《けいし》をお産みになれる逞《たくま》しさがおありでした。

そこで、養母はわたくしを大奥へ勤めに出すことを思いついたのです。そうすれば、いずれ上様のお目に留まらないとも限らない、これまで育ててやった恩義に報いるようにと養母は申しました。

そもそも大奥でのお勤めはたいそうな給金で、当面はこれが養母の目的でした。わたくしは今までの恩返しのつもりで大奥に上がりましたが、器量を見込まれてお目見《めみ》得《え》以上となり、上様へのお目もじが叶《かな》うようになり、いつ名を尋《たず》ねられるか心待ちにしていたところ、上様は長州征伐に出向かれて、身罷《みまか》られ、しばらくして徳川は倒れました。共に大奥も無くなってしまったのです。こんな今のわたくしは、大奥こそ人生の母と慕い、大奥の良き女子の礼法を伝えるという信念と共に生きております。

けれども、やはり、わたくしも人の子、養家の母も亡くなったことでもあり、生母に会いたい、その気持ちだけはどうにも捨てられないのです。

どうか、母上、生きておられるのなら、名乗り出てはくださいませんか？

どなたかわたくしの母を御存じではありませんか？

田中がこれを書いたかわら版屋に訊くと、この聞き書きは、急成長の〝麗し白百合流礼法塾〟が、府中で評判になっていた矢先、塾長の鳥井美津のところに行き、一言一句違《たが》えずに話した通りを書いたものだった。

「それからはさ、まあ、持ちつ持たれつさ。引き札（広告）を配るより、俺がいろんな書き方で煽《あお》った方が、噂が噂を呼んでまず両親たちが乗り気になって、塾に入る娘たちが増えるってことでね。しっかりしてるよ、あの先生。これ以上は勘弁してくれよ、この通り」

子沢山だというかわら版屋はぴょこりと頭を下げ、田中は手土産《てみやげ》代わりだと言って五銭銀貨を握らせた。

八

――鳥井美津のところの盗み被害は自作自演だった――

確信した田中は近くの忍冬《すいかずら》の茂みに隠れてしばらく相手の裏木戸を見張ることにした。

裏木戸を訪ねるのは入塾希望者ではなく、魚屋、八百屋、花屋等の御用聞きが主だったが、夕陽《ゆうひ》が沈んでしばらく過ぎた頃、大八車に乗せられた長持が中に入った。

月明かりで、隅《すみ》切り角に笹竜胆《ささりんどう》の家紋が見えた。

――鳥井家の家紋だ！――

念の為《ため》にと何日か前に調べていた田中は驚いた。

――やはり思った通りだ。〝麗し白百合流礼法教授〟では話題を呼ぶために盗みを装ったのだ――

田中はこれを老松屋で西郷に伝えた。

「そうか――」

西郷は短く応えた。

「この先はまた、牛鍋屋の時のようにでございますか？」

田中は最後の始末も任せてもらって、自分の手柄だと認められたかった。

「考えてみたいから、今少し時をくいやんせ」

西郷は乞《こ》うように大きな目を見開いた。

――駄目だ、この目で見つめられると逆らえない――

田中はこれ以上、何も言えずにいた。

「おはんは鳥井美津のところを何日見張った？」

西郷は珍しく頰杖《ほおづえ》をついた。

「三日三晩です。さすがに昼間は魚屋や八百屋等の御用聞きばかりでした」

「三日も寝ずの番では辛かろう。心が知れてて口が固く、夜、交替でしばらく鳥井の家を見張ることのできる知り合いはおらんか？」

「おります」

この時、田中は夢中で応えた。一瞬、コソ泥にまで落ちぶれた肥沼の様子が脳裡《のうり》を掠《かす》めて、たまらない気持ちになったからであった。

「竹馬の友で肥沼丸太郎という名です」

「ならばその者に頼んもす」

西郷はあっさりと頷き、肥沼の出自も今、何をしているかも聞かなかった。

田中を帰した後、西郷は別の部屋に控えていた熊吉を呼んでこの話をし、昨日受け取った文を見せた。

「そうなると――おいにも事情がごわすな」

熊吉は意味深な表情で案じたが、

「ま、あのようなお方が思いついて、おいごときと会ってくださるなどというのは、まっこと、おかしな話だった。じゃっどん、いい気になって久々に夢見もよかった。ああいうのを夢得言うんじゃな」

西郷はからからと笑った。

あのようなお方というのは、十三代将軍徳川家定《いえさだ》の正室天璋院篤姫《てんしょういんあつひめ》であった。篤姫は薩摩藩主島津《しまづ》家の分家筋に生まれ、当時の藩主島津斉彬《なりあきら》の養女を経て、公家の中でも身分の高い五摂家《ごせっけ》筆頭近衛《このえ》家の娘として徳川に嫁した。

薩摩出身ながら、夫の家定の死後、髪を下ろして天璋院となった篤姫は、婚家徳川の嫁として幕末を生き抜いた。また、維新後、故郷である薩摩に帰るよう促されても、東京と名が変えられたかつての江戸を離れようとはしなかった。

西郷は幕末期、江戸の町を戦火から免れさせるために、老松屋で勝海舟と天璋院との会合を仲立ちする等の役目を果たした。西郷にとって、天璋院は主家の大事な姫君でもあり、歳月を経てもなおかつ、眩《まぶ》しい存在であった。

それゆえ、天璋院から会いたいという文が届いた時、

「どけんしたものか？」

熊吉相手に戸惑ったのは、政に関わる相談ではないかと案じたせいではなかった。大奥を後にしてからの天璋院は千駄《せんだ》ヶ谷《や》に移り住んで浮き世を捨てている。


「おいにはどれもこれも似合わんなあ」

天璋院に会うという日、蚊帳の中の西郷はありったけの薩摩絣《さつまがすり》の着物を並べて、どっこらしょと掛け声を発しながら、着たり脱いだりを繰り返して汗びっしょりになっていた。

薩摩藩の統治下にあった琉球《りゅうきゅう》の絣を元にして織られたのが薩摩絣であった。紺地のものが紺薩摩、白地に紺絣は白薩摩と言われた。最高級の木綿絣の一つであり、薄くしなやかな地風と精巧な絣柄で知られている。

「吉之助さぁは一等えらい軍人じゃっから、いっそ軍服にしてはどげです？」

熊吉に勧められたが、

「天璋院様は徳川の嫁じゃったちゅう誇りをお持ちじゃ。今でもおいは天璋院様の御前で

は臣下よ。そのおいがそげんもん、着てお目にかかれるわけがなかろう」

珍しく西郷は不機嫌を露《あら》わにした。

「ならば、お好きにしやんせ」

熊吉に呆れられた西郷は、おろし立ての白薩摩の小袖に角帯を締めて着流すことにした。

「ゴン助を連れてきてくいやんせ」

天璋院が犬好きなのを西郷は知っていた。

「へい」

犬舎に連れに行った熊吉は、後ろにゴン助を従えている若者と一緒に戻った。驚いたことにゴン助は引き縄をつけておらず、ぴったりと若者の右横についていて、前にも出ず後ろにも退いていない。

「深田真之助、いや、田中作二郎の知己、肥沼丸太郎と申します。田中の口利きでこちらにお世話になっております」

端正な顔立ちの若者が丁寧に頭を垂れた。

「いろいろ世話になっとる」

肥沼は夜間、鳥井家を見張っていることについては口にせず、西郷はさりげなく労《いたわ》った。

そして、

「これほど大人しかゴン助の様子を見るのは初めてじゃ」

西郷はとにかく獰猛《どうもう》極まりなかったゴン助を驚愕《きょうがく》の目で見た。

長きに渉《わた》り猪狩《いのししが》りに使われてきた中型犬の薩摩犬は、耳と尾がぴんと立ち、見入られるような漆黒《しっこく》の瞳《ひとみ》が印象的で、気性は野生の犬のように荒々しいとされてきた。そんな薩摩犬でも、穏和で従順な名犬になる場合もあり、それはまさに従うべき主に巡り逢《あ》った時であった。

体毛は赤、もしくは黒地に茶色であったが、ゴン助は見事な赤茶で陽を浴びると全身が燃え上がっているようにも見え、威厳があって、火の神が地上に使わした勇猛《ゆうもう》な使者を想わせた。

「すまんが、おはんはゴン助を連れておいと一緒に来てくれ」

「わかりました」

肥沼はまた深々と頷いた。

こうして西郷は約束の浅草へと向かった。浅草は両国と並ぶ盛り場である。

人力車を待たせている天璋院は、西郷が思った通り、最上質の薩摩絣に揃いの羽織を重ねていた。

西郷の方も肥沼とゴン助を待たせ、茶屋に入ると、赤い毛氈の敷かれた縁台に天璋院と並んで座り、菊酒を注文した。

ちなみに菊酒は菊の花を浮かべて香りを移した日本酒である。

下戸の西郷はそっと盃の端を舐《な》め、イケる口の天璋院はすいすいと盃を重ねた。

「たしか、この菊酒は長寿の妙薬だという話があるそうですね」

天璋院が西郷に話しかけた。

徹底的に方言を直して輿入《こしい》れした天璋院の言葉に訛りは一欠片《ひとかけら》も無かった。

「魏《ぎ》の武将鍾会《しょうかい》の詩文にある、〝菊酒は神仙の飲み物〟でごわすか？」

西郷はかちかちに緊張していたが、謂《い》われはすぐに思い出せた。

「生まれつき虚弱な質《たち》の魏の初代皇帝が死にかけた時、勧められた菊酒で持ち直し、その後立派な皇帝となったとも言われていますね」

天璋院も西郷に劣らず読書家であった。

「大奥でも菊酒は飲まれましたか？」

菊酒余談を挨拶代わりにしたところで、西郷は本題に入った。

「徳川の頃には重陽《ちょうよう》の節供（九月九日）がございましたから、大奥でもそれに倣《なら》いました。今では節供を過ぎても市中でこのように頂くことができるのですね」

徳川将軍の長寿と徳川家のさらなる繁栄を願って諸大名が登城し、祝儀《しゅうぎ》を菊酒で祝っていたのが江戸での重陽の節供であり、その習わしは市中にも広まっていた。

「けれど、そのうち、菊は菊人形等で愛《め》でられても、重陽の節供など忘れ去られるかもしれません。大奥同様に――」

続けた天璋院に、

「世が大きく変わる時には、とかく、さまざまな亡者が出よります。風の便りに、想いが募って、大奥の亡者まで出てきておると聞き申しました」

西郷は声を低めた。

「吉之助なら鳥井美津のことを知っているはずだと思っていました」

天璋院はやや気難しい表情のままである。

「あの女子は、何をしんとでしょう？　大奥勤めをしていた時、下賜《かし》された自分の持ち物が盗まれたと言うておりますが、そもそもが盗んだ品の上、盗みの被害にあったというのは自作自演でなかとでしょうか？」

西郷はずばりと斬り込んでみたが、天璋院はこの質問には応えなかった。

「江戸城明け渡しが決まった折、大奥から盗み出したもんを自分のだと偽《いつわ》っているのでは？　鳥井美津は大奥守護のための女忍《おんなしの》びだったのでは？　女忍びならば盗みもたやすか——」

さらに畳みかけてみると、

「違います、大奥では女忍びなど抱えてはおりませんでした」

天璋院は凛《りん》とした声を上げて先を続けた。

九

「たしかに、〝麗し白百合流礼法塾〟の教室に飾られている品の数々は、御末《おすえ》だった美津の物ではありません。上様への御目見得も叶わない大奥最下層がおはしたとも言われていた御末なのです」

「ところで天璋院様は鳥井美津を御存じでごわしたか？」

「いいえ、美津は御茶之間係でさえありませんでしたから。御目見得以下の大奥女中の身分は、表使いの下働きである御広座敷、掃除をする御三之間、御膳所《ごぜんしょ》で煮炊き全般を受け持つ御仲居、警備も兼ねた御火之番《おひのばん》、御台所《みだいどころ》であったわたくしの茶湯を整える役目の御茶之間、御錠口《おじょうぐち》の開閉がお役目の御使番、そして一番下が、水汲みや薪割《たきぎわ》り等のよろず雑用をこなす、御末です」

「そいでは到底、あなた様とは顔など合わせ申さんでごわしたでしょうな」

西郷は将軍と女たちの牙城《がじょう》であった大奥なるものには不案内であった。

「ですので、二ヶ月ほど前、御末だった美津が〝麗し白百合流礼法教授〟を開いていて、大変盛んのようだと報《しら》せてくれる者がいなかったら、気づかなかったことと思います」

「その報せてくれた者ちゅうのはどなたでごわしたか？」

「御目見得以上で、呉服之間《ごふくのま》のお役目にあった者です。事情あってどなたに聞かれても名はお教えできません。その者がたまたま御目見得以下で親しくしていた御仲居の一人にばったり出会い、美津の成功を知ったとのことでした。その御仲居は御末だった美津が、人一倍働き者で向学心が旺盛《おうせい》だったことをよく覚えていたのです」

「天璋院様は鳥井に会いに行かれたでごわしょう？」

「まあ、よくおわかりですね」

「あなた様はお若い頃からたいそう好奇心ば強かお方でしたから」

西郷はふわりと笑った。

「入塾希望の祖母を装い、美津の教室に赴いてみて驚き、なつかしくも感じました。大奥にあったあのような高価な品々は、美津の物ではあり得ませんが、断じて盗んだものではないと信じたいのです。御末とはいえ大奥に居た者が、盗みを働いていたなどとは思えません」

天璋院は思い詰めた様子できつく唇《くちびる》を嚙《か》んだ。

「じゃっどん、鳥井はいったいどこから、ああした品々を集めて、商いに役立てるため、自分の物ば見せかけているんでごわすか？」

「それぱかりはお答えできません」

天璋院は言い切る一方、

「かわら版屋の記事や言い分は今時の天気か、猫の目のようにくるくる変わります。今は美津に味方していても、いつかは手痛く梯子《はしご》を外しかねません。いずれ美津に盗みの嫌疑までかかるのではないかと、案じている者たちが大勢います。器量を見込まれて、上様のお身の近くのお世話をする御中臈《おちゅうろう》になりかけていたなどという、美津がついている嘘が身を滅ぼすことになりかねません」

必死の目線を西郷に投げ続けた。

「あなた様はその大勢の方々をも庇《かば》われたいのでごわしょう？　たしかに、これほど名が知れれば、実は鳥井が御末だったということを知っている者たちとて気づくでごわしょう」

西郷の言葉に頷いた天璋院は、

「美津が御末だった頃を知っている者たち、また、わたくしのようにそれを伝えられて聞いた者たちが皆、好意的とは限りません。かわら版屋というのは時に話を買うこともあると聞いています。そうなってかわら版に載れば必ず役人が動きます。わたくしは美津が盗みで調べを受けることだけは避けたいと思っています。困るのは美津だけではないのですから。御一新で身分や富を失った者たちのせめて、誉れぐらいは守ってやりたいのです。それさえ、御時世に踏みにじられるのでは哀れすぎます。お願いです、吉之助、何とかしておくれ」

あろうことか、深々と頭を下げた。

あわてた西郷は、

「よ、よく、わ、わかりましたので、どうか、頭をお上げくいやんせ」

天璋院よりもさらに深く低頭した。

田中と肥沼による鳥井宅の深夜の見張りは続いていた。田中は肥沼と交替する時が来ていたが、この日の肥沼は引き綱なしでゴン助を連れている。

ゴン助は田中を見ると申しわけ程度に尾を振ったが、寄り添う相手は肥沼であった。

「おい、大丈夫なのか?」

田中はゴン助が気配や人影を察知したとたん、いつものようにワンワンと吠え立てるのではないかと懸念したが、

「置いて帰ろうとすると感づいて、夜通し鳴き続け、皆、ほとほとまいっていたそうだ。なに、こうして一緒にいれば大人しい」

肥沼に頭を撫《な》でられたゴン助は心地良げに目を細めて、尾を勢いよく振った。

――まあ、こいつも女子だからな――

凛々《りり》しい顔つきの薩摩犬が気に入った西郷は、

「犬も人も、男も女も胆が据わって、心が強かことが大事じゃ」

雌犬《めすいぬ》とわかっていたにもかかわらず、名をゴン助と名付けたのであった。

――肥沼に惚れる女子はどこにでも居る、美男好みの並みの女子で、とりわけ、強い気性ではない。ということは、このゴン助も西郷先生の見込み違いで並みの雌犬ということだな――

田中は肥沼の横に付いて、涎《よだれ》を流さんばかりのゴン助をちらと見た。

――そうは思ってもやはり――

田中は少々面白くなかった。

誰にも手綱を付けさせなかったゴン助を、手なずけるのは冷や汗ものだったからである。

――正直、人、犬にかかわらず、女子のことでもこいつに負けるのは癪《しゃく》だ――

田中は歯を食いしばった。

見張りの方は成果が出てきていた。

あのかわら版での絶賛がさらなる功を奏したのか、このところ、毎晩のように長持が出入りしていた。

――無理もない。多い日には二棹《さお》、三棹が裏木戸を通っていく。

とうとうかわら版は昼間、入塾を希望して待つ人たちの列の長さまで書くようになったからな。

しばらくして、ゴン助が顔を肥沼の袴《はかま》にこすりつけて変事を伝えた後、銀杏《いちょう》の幹《みき》の陰に回ったので、二人も慌《あわ》てて倣《なら》った。

ほどなく光らしきものがぼーっと闇《やみ》の中に見えてきて、髷姿《まげ》の年配の男が後ろを気にかけつつ、提灯《ちょうちん》で辺りを照らしながら現れた。

後ろに居るのは御高祖頭巾《おこそずきん》で顔を隠した女だった。

田中は生家に仕えていた爺《じい》やを思い出した。

――まだ、髷を切らぬところをみると男は武家の奉公人で、女は主の新造なのだろうが、よりによってこんな夜更けて――

この時、音もなく裏木戸が開いて、

「御年寄《おとしより》様の松島《まつしま》様でございますね、お待ちいたしておりました」

田中が聞いたことのある、鈴を転がしたような、鳥井美津のよく通る美声が聞こえた。

――聞き間違えでなければ今、御年寄様と聞こえたが――

大奥総取締役である御年寄職は、将軍正室の御台所《みだいどころ》、御台所付きの上臈《じょうろう》御年寄に次ぐ高い身分であった。しかし、上臈御年寄は所詮《しょせん》名誉職であり、大奥の実務一切を取り仕切る御年寄こそが、絶大な権力を手中にしていた。

二人はこの御年寄様と呼ばれた御高祖頭巾姿の女が従者と共に裏木戸から出て、帰路を辿《たど》って再び夜の闇の中に吸い込まれるまでじっと息を殺していた。

「さっき御年寄様と聞こえただろう?」

「ええ、でも――」

興味の持ち方が偏している肥沼は、御年寄様の意味がわからない様子で首をかしげた。

御年寄様について説明した田中は、

「それにしても御年寄様がお出ましとは驚いた」

知らずと洩らしたが、

「そうですね」

肥沼の相づちはそっけなかった。

――こういう奴だから相棒にしても安心できる、出し抜かれることもない、やっぱりこいつはいい奴だ――

田中は先ほどのゴン助でわだかまっていた気持ちが晴れた。

「大奥では権勢を揮《ふる》った御年寄様でも、今は府中でお暮らしでしょう。もしかして、これで、どこに身を寄せて住んでいるのか、見当がつくかもしれません」

肥沼は手控帖《てびかえちょう》を取り出して開き、先ほどの従者が手にしていた提灯に浮かんでいた大きい丸を八つの小さな丸が囲んでいる紋を描いた。

「九曜紋《くようもん》か」

田中はちっと舌打ちをしたが、

「夜間に長持以外に生きている女と従者が裏木戸を通ったのも、鳥井美津が来客に敬意を表して、出迎えをしたのは初めてです。これは大したことですよ」

肥沼は平然と言ってのけた。

――たとえ大したことでも、そこから手掛かりが摑《つか》めないのでは話にならない――

田中と肥沼は各々、出入りする長持の家紋を手控帖に書き付けていた。

田中は肥沼の手控帖から写し取った分も含めて何度も見直している。

長持に記された家紋は多種多様であった。中には一目で大身《たいしん》の旗本または大名家とわかる物もあった。

十

――これはいったい、どういうことだろう――

鳥井の自作自演を確信していた田中だったが、次第にそうと決めつけていいものかどうか、自信が薄らいできていた。

「そういえば六日前に車紋の長持が入って、昨日出て来ました」

自身の手控帖に目を落としていた肥沼がふと呟いた。

その言葉が気になった田中は自分の手控帖を開いた。七日前に裏木戸から入った、揚羽《あげは》紋《もん》の長持が一昨日出て行っている。

——これは——

田中は昨日、手にしたかわら版の文の一部を思い出した。

さあ、皆さん、今日はさ、あの〝麗し白百合流礼法塾〟について、寄席《よせ》へ聴きに行くより安い、べらんめえのかわら版講釈師に話させてみますよ。

えーっ、あそこのどこが凄《すご》いかってぇとね、五日に一度はがらっと変わる、座敷の様子なんですとよ。大奥女中の色香がまだ残ってる、てめえの女房が見たら目を回しておっ死《ち》んじまいそうな打ち掛けや化粧道具、香炉、綺麗《きれい》どころの御側室様方が公方《くぼう》様と、ウフフ、牡丹《ぼたん》の花や江戸菊が咲き乱れてる絹布団、何？　だんだん下品になるのはいただけないって？　そうだよね。江戸っ子が大好きだった公方様をそんな風に言っちゃあいけやせんやね。

とにかくさ、娘を入れても入れなくても、入りたくて入れなくても、一見の価値はあるさ、五日に一度、徳川様の天下を極楽絵図で、これでもか、これでもかって見られるんだからさ。さあさ、皆さん、寄ってらっしゃい、見てらっしゃい、鳥井美津先生、お願いだから、〝麗し白百合流礼法塾〟に入れる金持ちじゃないからって、門前払いはしないでおくんなさいよ。そんなことしたら、恨みが怖いよ、怖い、怖いよぉっ——。

――五日に一度、飾ってある大奥の調度品が変わるということは――

閃《ひらめ》くものがあって、翌日、早速、田中は質屋廻りを始めた。

「大奥の調度品を預かってはいませんか？」

そう訊くと、どの店でも、

「さあねえ」

主は惚《とぼ》けるか、

「出処は明かさないのがこの商いの仁義なんですよ」

顔を顰《しか》めた。

どういうわけか、西郷の印籠を見せて無理やり話を訊く気にはならなかった。

――西郷先生の印籠は悪人への正義の鉄槌《てっつい》だ。悪人ではない相手に、これを使うのは先生の本意に反する。そうだ、もしかして骨董《こっとう》屋や古着屋なら――

田中は訊き廻る先を変えてみようと思いついた。しかし、主たちは、

「売り手のことは、銭を払ったらすぐに忘れることにしてるんです」

「たいていは昔はよかったの口の人たちでしょ、覚えていちゃ、気の毒ですよ」

「こんな御時世だもの、叩いて買うのが生業でも、何だか、人の弱味につけ込んでるようでねえ」

渋い顔で早く帰ってくれと言わんばかりに、戸口に目を据え続けていた。

――収穫なしか――

走り廻った挙げ句の何軒か目の古着屋で、大きなため息をついてしまい、

「お役目とはいえ大変ですね。売り手のお話は一切できませんが、まあ、一服してくださ い」

店主に勧められ、茶を啜っていると、戸口から御高祖頭巾姿の女が入ってきた。

思わず田中はあっと叫びかけて、ちょうどいい具合に冷めかけていた茶をぐいと飲み干した。

――様子からして、昨夜の女よりはずっと若いが、近寄りがたい気配はそっくりだ――

店主と目が合うと頷いた。

「お願いします」

固い声で告げると、女は手にしていた風呂敷《ふろしき》の包みを解いた。

「おや、疋田《ひった》の総絞りではございませんか」

店主は商人の目になった。

「そうですとも。何でも、三代将軍大猷院《だいゆういん》（徳川家光《いえみつ》）様がことのほか御寵愛《ごちょうあい》なさった御側室様のものと聞いています。三代様自ら地を総絞りとお決めになられて、色だけではなく、刺繍《ししゅう》の糸や柄までもお決めになられたのだと伝わっております。三代様の命により、早世されたその御側室のお形見として、大奥の衣装納戸に大切にしまわれていた逸品です」

女は誇らしげに告げた。

「たしかによい品ではございます。けれども、今の御時世、もはや、徳川様ゆかりの品として価値の上乗せなどできはしません。となると、地色は藤色で模様が銀糸の蝶《ちょう》の刺繍なので、そうは目立ちませんが、少々色の褪《さ》めたただの古い総絞りの打ち掛けです。この品はきっと、立派な方々との野点《のだて》や花見などにお召しになられたのでしょうが、総絞りはどんなに上質でも正式な場にはむきません。花嫁衣装はもとより、婚礼に招かれての装いにも不向きなので、打ち掛けを一度解いて、小袖《こそで》に仕立て直すにしても手間がかかります。また、人を選び、ふくよかな方はとかく敬遠なさいます。お譲りいただくとすれば、こんなもんではいかがでしょうか」

店主は片袖で田中の視線から算盤《そろばん》を隠すようにして相手に弾いた額を見せた。

「まあ、これだけ――」

御高祖頭巾姿の女は声を尖《とが》らせて、

「これほどの物に、ここまでの捨て値を付けるなんて断じて許せません」

眉と目を吊《つ》り上げて相手を睨み据えた。

「いつもよいお品をお持ちいただいておりますので、精一杯頑張らせていただいてのお値段です」

店主はさらりと応えて目を伏せ、しばし女は拗《す》ねたように俯《うつむ》いていたが、

「わかりました、もう、結構です」

店主に見せた疋田総絞りの打ち掛けを風呂敷に包んで抱え、戸口へと向かいかけて、

「これでは父上の薬代はおろか、当分のお米代にもならない。わたしたちはそのうち御時世に殺されるのだわ」

凄《すご》みのある独り言を呟いた。

「ご馳走様《ちそうさま》でした」

田中から湯呑みを返された店主は、

「いやはやとんでもないところをお見せしてしまいましたが、ご参考にはなったはずです」

苦く笑った。

「もう少し、先ほどの方について話してくれませんか?」

「そうですねえ」

相手は一瞬迷ったようだったが、

「てまえの示した値がよほど気に障ったご様子でしたので、あの方はもう、ここへはいらっしゃらないでしょう。あのお方は岡部佐恵《おかべさえ》様とおっしゃって、初めておいでの時、お実家《さと》は大身のお旗本で、お城が明け渡されるまで出仕なさっていた大奥では、御客応答《おきゃくあしらい》のお役目に就《つ》かれていたとお聞きしました」

徳川御三家（尾張《おわり》、紀州《きしゅう》、水戸《みと》）、御三卿《ごさんきょう》（田安《たやす》、一橋《ひとつばし》、清水《しみず》）、諸大名たちが挨拶に向けてくる使いが女子である場合もあり、こうした女使が大奥を訪ねた折に接待する役目が御客応答であった。

もちろん御目見得以上である。

――こうして、大奥で高い地位にあった女たちが、下賜された調度品や着物を売り食いしているのだ。鳥井美津の仕事は盛況で、塾生志願者たちは押すな押すなだ。とすると、深夜に鳥井を訪ねていた、あの御年寄様と呼ばれていた女も、目的は先ほどの御客応答をしていたという女同様だったのでは？――

「ありがとうございました」

礼を告げて田中は古着屋を出た。

翌々日の夜、相変わらず、ゴン助連れで見張りを続けていた肥沼は手控帖に以下のように書き付けた。

御高祖頭巾の女が風呂敷包みを抱えて、鳥井宅の裏木戸を通って行った。その様子から先日、〝御年寄様〟と鳥井に呼びかけられた女とは別人であった。

この事実を知った田中は、今まで見張って得た事実や古着屋で見聞したことを文にまとめ、熊吉を介して西郷に届けた。

これに目を通した西郷は、

「誰にも悟られんように、おいが〝麗し白百合流礼法塾〟で鳥井に会えるよう、取りはからってくれんか」

熊吉に頼んだ。

「そりゃあ、田中が預かっとる、吉之助さぁの印籠を見せればわけなかが。じゃっどん、吉之助さぁの御身は守らにゃな。桐野さぁなんぞよりも、よほど、手練《てだ》れと見とる、田中と肥沼にだけは伝えもんそ。そんでしっかと働いてもらうで、よかですね？」

熊吉は案じる顔で念を押した。

肥沼とゴン助が鳥井家の裏木戸を見張り、田中は熊吉と共に西郷を警護するべく、屋敷の中へと付き従った。

通されたのは田中も入ったことのある、入塾志願者たちの待つ座敷であった。

おっ、あっと声を上げそうになった。

つい何日か前、御客応答だった岡部佐恵が古着屋に持参した、疋田総絞りの打ち掛けがすぐ目の前の座敷の衣桁に掛けられている。

岡部佐恵が強調していたように、三代将軍自らが指図して作らせたというこの打ち掛けは、たおやかであるだけではなく、凜々しさをも兼ね備えている。贅沢にしておごそかな雰囲気《ふんいき》を醸《かも》し出していた。

十一

見覚えのある白百合の絵柄の着物を着た若い女が二種の茶と菓子を運んできた。ふっと線香に似て非なる匂いが香った。

大きな盆の上には、見たことのない持ち手らしきものが付いた湯呑が匙と一緒に小さな皿に載っていた。中には琥珀《こはく》色の湯がたたえられ、各々の菓子皿には丸く平たい狐色の焼き菓子と、打ち掛けに合わせて、薄紫色の菊を模した煉《ね》り切りが乗っており、抹茶碗《まっちゃわん》を添えられている。

「お待たせいたしました」

鳥井美津が入ってきた。

鳥井からもさっきの若い女と同じ匂いがした。

――きっと麗し白百合流礼法の裡《うち》なのだろう――

田中は得心した。

女教授は誰も飲み物に手をつけていない様子に、

「見慣れぬ飲み物でしょうが、ティーと言います。お菓子は長崎ではクウクと呼ばれていたクッキーというものです。美味《おい》しゅうございますよ」

自ら取っ手のついた湯呑を手にして啜り、クッキーを口に運んで、あっと叫んで、

「失礼をいたしました。申しわけございません。わたくしが鳥井美津でございます」

畳に両手をついて丁寧に詫《わ》びた。

西郷はただ黙々と飲み物や菓子を味わい、田中と熊吉もそれに倣《なら》った。

ティーは香り高く、さくさくしているクッキーは牛酪《ぎゅうらく》（バター）の風味が強烈だった。

田中には初めての経験だった。

――これは癖になる菓子だ――

田中は感動したが、時折訪れる桐野が持参するおかげで、横浜で売り出される西洋菓子に、西郷はもとより、後でそっと相伴《しょうばん》にあずかる熊吉も不慣れではなかった。

「ティーもクッキーも美味い。これからは大流行すっがろう」

西郷はにこやかに笑った。

「塾生の御両親の希望は、一にも二にも、目に入れても痛くない娘様の良縁なので、西洋式の茶の振る舞いは大事なのです」

鳥井は神妙に応え、

「じゃっど、抹茶と煉り切りの日本の味も捨て難い奥ゆかしさじゃ」

西郷はわざと自分の皿に残した薄紫色の煉り切りを見た。

「温故知新《おんこちしん》という有り難い諺《ことわざ》がございますが、洋風の知新ばかりではなく、茶道、華道等この国の温故も良縁につながると教えております。今や教養のある外国人の方が日本の伝統の価値を認め、慈《いつく》しもうとしているのです。そのような方々とおつきあいのある政府のお役人に縁づかせるためには、温故知新の精神が必要だと説いています。西郷先生を前に失礼を承知で申しますが、とかく、薩長土肥出身のお偉い方々は洋風一辺倒で、着物や美術調度品に象徴される、この国の伝統の素晴らしさが少しもおわかりではないのです」

鳥井は強い口調になり、

「何せ、連中はおいと一緒で成り上がり者じゃっからな」

西郷は叱《しか》られた犬を想わせる、情けなさそうな表情になった。

すると鳥井はきっと眦《まなじり》を上げて、

「成り上がりは悪くなどありません、わたくしも成り上がり者の一人です。成り上がり者とて古きを尊ぶ心を持っています」

言ってから、衣桁に掛かっている打ち掛けを愛《いと》おしそうに見つめた。

そこで言うべきか、どうか迷った末、

「府中の古着屋で元大奥御客応答の岡部佐恵さんが、ここにある打ち掛けを売ろうとしていたのを見ました」

田中は事実を告げた。

「ここへおいでになっていた方ですね」

鳥井は田中を覚えていて、

「元武士だと見受けられる若い男の方が、妹様や許嫁《いいなずけ》を入塾させようとすることは皆無ではありませんが、滅多にありません。何しろここは謝儀が高いので――。いずれはお上の調べでわたくしの素性がつまびらかになるでしょうから、それでそろそろ覚悟をしなければと思い始めていたのです」

意外にも優しい目を向けてくれた。

「おはんが素性を偽っていた事情や覚悟のほどを訊かせてくれんか」

西郷は煉り切りに菓子楊枝《ようじ》を使い始めた。

「包み隠さずお話しいたします」

鳥井は居住まいを正した。

「天子様の世となり大奥も用済みとなり、わたくしたち大奥女中は荷物をまとめてお城を去ることになりました。その際、大奥のお蔵や納戸の品々は、御年寄様が御台所様、御上臈様の許しを得て皆に分け与えることになったのです。いわば、何百年と続いた、大奥という女たちの城が落ちての形見分けです。わたくしたち御末にも相応のものが下賜されました。わたくしがいただいたのは、古い役者絵が三枚と細かな刺繍が施された袱紗《ふくさ》一枚でした。一生の宝と決め、これらをしっかりと抱いて大奥を後にしました。でも、菊作りの名人の植木職だった父は、若い頃の無茶が過ぎて卒中で倒れ長患《ながわずら》いの身でした」

――なるほど、血縁が植木職だったという話はまんざら嘘ではなかったようだな――

田中は心の中でそっと頷いた。

「とにかく、もう大奥からの給金はいただけません。父の世話をするためにも、お金が要りました。すぐに一生の思い出にずっと抱きしめていたかった、大奥のお宝を売るしかなくなったのです。まずはなるべく家から遠い、何軒かの質屋へと足を向けました。特に役者絵は質屋によって驚くほど値に開きがありました。骨董にくわしい質屋の主は、袱紗についていて、〝この刺繍は奈良《なら》の御蔵に収められているのと、同じ手のものだから、鑑《み》る人が鑑てくれれば恐ろしく高値で売れる。こんな素晴らしい品は大藩の大名家にも見当たらない。出処はおよそ見当がつく〟と言い、親しい目利きの骨董屋さんを呼んでくれました。その時、大奥での身分について訊かれ、咄嗟《とっさ》に何と応えたものかとまごまごしていると、〝あんたは可愛い別嬪《べっぴん》さんだから、公方様や御台所様の身の辺りの世話をしつつ、見込まれて側室になることもある、御中臈様だったんじゃないかね〟と言い出してくれて、思わず頷いたのが嘘の始まりでした。口が勝手に開いて、遠くからでもお目にかかったこともない上様に、見初められかけていてこれからという時に、大奥が無くなってしまった話を作ってしまっていたのです」

鳥井はふうと疲れ切ったようなため息を洩らした。

「おはんが咄嗟に本当のことを応えなかったのは、大奥の恥になってはいかんと思うとったからじゃろう？」

西郷の言葉に、

「はい。恐ろしく高価な品を御末ごときに下賜する大奥は、見識不足ということになりますから」

鳥井は目を伏せて頷くと先を続けた。

「貴重な袱紗はもとより、沢山刷《す》られていて数あるはずの役者絵三枚もよい値で売れて、寿命で亡くなるまでの間、父の世話が手厚く出来ました。今際の時、父は〝おっかさんは死んだと言ってきたが、そうではない。酒と喧嘩《けんか》、女に明け暮れていた俺に身を粉《こ》にしてよく尽くしてくれていた。だが、手を上げることが多くなった俺にとうとう、愛想を尽かして出て行ったんだ。おまえを連れて行こうとしたが、俺が力づくで止めた〟と話してくれました。父の四十九日の法要を済ませると、寂しさでぽっかりと心が空になりました。一人でやっていくしかないと思う一方、生きているかもしれない母の消息が気になってきたんです」

「そいでおはんは稼いで一躍名を上げようとしたんじゃな？　母親が生きておれば名乗り出てくれるかもしれんと思う――」

西郷は自分の目頭を太い人差し指で弾《はじ》いた。

――しかし、〝麗し白百合流礼法塾〟とはよく思いついたものだ――

田中は鳥井の炯眼《けいがん》に感服した。

「話を進めます。自分一人で出来る先の見通しがある仕事はないかと必死に考えました。幸い、大奥のお宝を売った金子が幾らか残っていたので、店仕舞いした茶屋の権利を買うのが手っ取り早いと思いつきました。大奥では常に、珍しい珈琲《コーヒー》やティーの他に、西洋菓子が長崎より届けられたり、作り方が伝授されてきていました。それでクッキーよりも使われているバターが少なくて固めのビスカウト（ビスケット）や、甘く煮て独特の香り付けをした栗《くり》や唐芋《からいも》、南瓜《かぼちゃ》を裏漉《うらご》しして、クッキー生地にのせて焼き上げるタルタ（タルト）等を眺める機会がありました。御一新で新しいお上は西洋、西洋と騒ぎ始めたので、これは絶対流行《はや》ると確信したのです」

「牛乳や牛鍋屋を流行らせようとしている、新政府の一歩先を行くよか目の付け所ではあったな。じゃっどん、その一歩先で待つにはよほどの我慢が要る、金もかかる」

西郷はうんうんと頷いた後、案じる眼差《まなざ》しを投げた。

「その茶屋の地主は何とあの目利きの骨董屋さんでした。わたくしの話を聞き終わると、〝たしかに悪くない商いだが今はまだ早すぎるし、仕入れや人手にも金がかかる。それより大奥に居たってえ誉れで、あんたが身一つ、口先三寸でできるいい商いがある。娘が居て小金を貯めている家では、いいところに娘を縁づかせるのが何よりの望みなのさ。高貴な大奥の水で身も心も洗われたあんたなら、そんな令夫人になりたい娘たちに心得を教えられる。これは広く考えれば人助けにもなる。その上、肝心なのは銭はほとんどかからないことだよ〟と言って勧めてくれたのがこの礼法教授でした。その骨董屋さんは家作《かさく》だったここがちょうど空いたところだからと、武家屋敷風に手直ししてくれて、わたくしは心を込めて、〝麗し白百合流礼法塾〟と門札を書いたのです。それからはとんとん拍子でした。すぐに評判になって、入塾希望者が引きも切らず、怖いほどの繁盛ぶりが今も続いております。親切な骨董屋さんに家の直しにかかったお金や店賃《たなちん》を払うことも叶いました。とはいえ、いろいろあって、わたくし、根性はある方ですが、近頃はこの暮らしの限界を感じています」

鳥井は表情を翳《かげ》らせた。

「夜間この家の裏木戸から出入りする長持には何が入っているのですか？　元大奥御客応答の岡部佐恵さんや同じく御高祖頭巾姿で、あなたが御年寄様と呼んだ女の人は、何が目的でここを訪ねてきていたのですか?」

田中は訊かずにはいられなかった。

十二

「〝麗し白百合流礼法塾〟は大奥の薫陶《くんとう》であってこその人気だとわかっていました。それには目に見えるものが要ります。当初は地主さんの骨董屋さんから借りていました。御年寄様だった松島様がここへおいでになったのは、あなたがご覧になった時が初めてではありません。〝麗し白百合流礼法塾〟が豪奢《ごうしゃ》なここの並べてある品の効果もあって世間に知れ渡って、文をお届けいただいて以来、もう何度も足をお運びになっているのです。文には〝大奥での身分を偽るのを許す代わりに頼みをきいてほしい、頼みは会って話す〟と書かれていました。そして、初めて訪ねていらした時、松島様は、大奥に出仕していた皆様の今の苦しい暮らしぶりを話され、是非とも、世間が目を瞠《みは》ってもてはやす大奥の品々、皆様がお持ちのお宝をそこそこの値段で借りてほしいと頼まれたのです。大奥には贅沢で貴重な品々がたくさんありましたので、御目見得以上の方々は、御年寄様の指図で動く腹心の中年寄様や本物の御中﨟様、表使様、御右筆様等、皆様、実に素晴らしい大奥からの形見分けをお持ちでした」

ここまでの鳥井の話に、

「それでぴたりと同じ家紋の長持が行き来することがあったのですね」

田中は得心が行った。

「ええ。借り賃は松島様が仕切っておられました。ただ、これには松島様の仕切り代も入るので、元大奥御客応答の岡部佐恵様のように、お仲間に入らない方もおいでになり、物によって、府中の質屋や骨董屋と松島様仕切りを使い分けする方も出てきていました」

鳥井は垢《あか》じみた浮き世とは関わりなく、銀糸の刺繡の蝶の群れが、燦然《さんぜん》とした気品を漂わせている、美術品のような疋田総絞りの打ち掛けを見つめた。

「ところで、何日か前にここん物が盗まれたっちゅう話は真実《まこと》じゃろうか？」

西郷が無邪気な笑顔で切り出した。

「真実です」

鳥井は臆《おく》さずに西郷の顔を正面から見た。

「そいが初めてか？」

笑顔を乗せたまま西郷の首が傾《かし》げられた。

「届けを出したのは初めてですが、実はこのところ何回もここの物が無くなって――」

項垂《うなだ》れた鳥井に、

「どんな風に盗まれちょっとか、くわしく話してくれもはんか」

西郷は畳みかけた。

「盗まれた物は書き付けてあります」

鳥井は表紙の布に白百合の刺繡が施された手控帖を、胸元から取り出して西郷に渡した。

それには以下のようにあった。

神無月五日　翡《ひ》翠《すい》の簪《かんざし》、櫛、笄《こうがい》他髪飾り一式
同　八日　金糸帯一本
同　十五日　姫鏡台、九代惇信院《じゅんしんいん》（徳川家重《いえしげ》）様御側室安祥院《あんしょういん》様雛道具（雛人形含む）一式
同　十七日　輪島純金使い文箱《ふばこ》、十代浚明院《しゅんめいいん》（徳川家治《いえはる》）様御台所心観院《しんかんいん》様雛道具（雛人形含む）一式
同　二十日　菊模様の打ち掛け、夜具、金屏風、金の取っ手に紅葉の細工のある小《こ》箪《だん》笥《す》

「どうじゃろな」

西郷はこのところの長持の出入りが書き留めてあった、田中の文と合わせて鳥井に見せた。

「気がついたことはなかとか？」

じっと見比べた鳥井は、

「うちでは五日ごとにここの調度品を替えるので、お借りするのは五日間です。雛人形も大奥のものとなると、格別な人気がありますので、時季を問わずに借りて飾っているのです。今、気がついたのですが、届け出た二十日の盗みだけではなく、十一日と十三日に長

持でお借りした雛人形は、二点とも、四日目に盗まれているのですね」

ああと絶望のため息を洩らした。

「ちゅうこつは、盗っ人は借りる日と返す日ば、よーく知っとることになる」

西郷の指摘に頷いた鳥井は、

「でも、そんなこと――」

目から溢《あふ》れ出た涙を手の甲で拭った。

「とても信じられません」

頭を振り続ける鳥井に労《いたわ》る眼差しを注ぎつつ、

「田中、ここの調べは鼻のいい、外に居るゴン助ば連れてこんとできんもんじゃろうか？」

西郷は田中に謎《なぞ》をかけた。

「いえ、わたしがいたします」

咄嗟に田中は立ち上がった。

――ここでの調べの要はあの線香に似た匂いだ。西郷先生も気がついておられたのだ
――

青々としている畳の上を目を皿のようにして見た。塵《ちり》一つ見当たらない。衣桁の打ち掛けを前から後ろから、左右の横から眺め続けた。掛けられている様子は僅《わず》かに右よりで左右対称ではなかった。左の袖口がほんの少し内側に折れている。あの匂いがそこはかとなく匂ってきていた。

「これを掛けたのはあなたですか?」

田中は鳥井に訊いた。

「いいえ、助手のお加代《かよ》さんです。受付の仕事のほかに打ち掛けや調度品の飾り付けも全《すべ》てあの人の仕事です」

「なるほど」

田中は畳に膝《ひざ》をついてゴン助になったかのような姿で、打ち掛けの両袖の匂いを嗅《か》いだ。

——これだ——

田中は左の袖口に手を差し入れて、袖底にあった丸い玉を取り出した。今夜、顔を合わせたお加代と鳥井の両方から香ったのと同じ匂いがした。玉は土色の木で出来ている。

「たぶん——」

右袖も調べたが玉は出て来なかった。

「あなたもご自分の両袖を確かめてください」

田中に促された鳥井は立ち上がって両袖を振った。

打ち掛けから出てきたのと同じものがころんと畳の上に転がった。

青ざめかけていた鳥井の顔が真っ青になった。

「これに見覚えがおありでしょう?」

頷いた鳥井は、

「でも、どうして、わたくしの袖に入っていたのか——」

首を傾げた。

「これはわたしの想像にすぎませんが、盗っ人の動きをやって見せましょう」

田中は鳥井から玉を受け取り、自分が手にしているもう一つと合わせると、その一つを打ち掛けの裏の畳に置いた。

「盗っ人は一人ではなく二人です。二人が組んで盗みを働いているのです。一人はこの家の中にいます。もう一人はここの家について熟知はしていますが、常にここに居るわけではありません。そして、二回の雛人形の盗み出しの時、うっかりして、伽羅《きやら》で出来ているお守りの香り数珠《じゆず》の紐《ひも》が切れたのです。これに気がついたものの、拾い集められませんでした。一方、家の中にいる盗っ人は、わたしたちの訪れる少し前に、打ち掛けを衣桁にかける仕事をしていて、拾い落としがあることに気がつきました。おそらく衣桁の後ろに三個。咄嗟《とっさ》に打ち掛けの袖に入れて隠そうとしましたが、わたしたちの来訪で、左袖に一個入れたところであわてて、立ち去ったのだと思います。そのせいで、左袖に身体がかすって少しばかり折れ曲がり、衣桁がやや右に傾いて、掛けられた打ち掛けが左右対称でなくなったのです」

田中の指摘に、

「そしてお加代さんは自分の袖に二つ目を隠したのですね。一緒にティーをお出しする支度をしていて、わたくしの袖にまで入れたのは——」

震える声で先を続けて絶句した鳥井の目はまだ乾いていなかった。

「盗っ人の一人はわかり申したな」

西郷は熊吉の方を見た。

待ってましたとばかりに、俊敏に立ち上がった熊吉は廊下に出ると、お加代が控えて居るはずの厨《くりや》へ足音を忍ばせて近づいていった。

「さて、いよいよ、見せ場じゃ、田中」

西郷は快活に田中を促した。

「はいっ」

威勢よく相づちこそ打ったものの、

――ここに居て、ここからもう一人の盗っ人が、ひょっこり出てくるとはとても思えない。だが、どうしても、この無理を成し遂げなければ。今が西郷先生に認めて貰える、滅多に無い機会なのだから――

武者震いした田中は冷や汗が出てきた。

「こん屋敷は武家屋敷風に直したそうじゃが、昔は何に使われとったんじゃ？　骨董屋は何と言うとった？」

西郷は相変わらずのどかな口調で鳥井に訊いた。

「百年近く前には、江戸一と称された廻船《かいせん》問屋さんだったそうです。贅沢禁止の御触れが出た時、強気すぎた主がお上の怒りをかって斬首《ざんしゅ》になって以来、何度か持ち主が代わり、安政《あんせい》の大地震（一八五五年）で、このあたりが焼け野原になった折に立花屋《たちばなや》さんの持ち物に落ち着いたのだと聞いています。申しそびれました。親切だった骨董屋さんは立花弥平《やへい》さんといいます」

「廻船問屋なら贅沢の他にいろいろ、島津公同様、面白可笑《おもしろおか》しいことができるんじゃなかか?」

西郷はまた、田中の方を見た。

——面白可笑しいこととは、辺境の薩摩藩が地の利を生かして行っていた、長きに渉る抜け荷のことだろうか——

どうしたものかとたじろいでいる田中に、

「まだ、よう匂っちょるように思う。じゃっどん、そいはおいの嗅ぎ間違いじゃろか?」

西郷はぐるりと大きな目を瞠《みは》って、いたずら坊主のようにふふふと微笑んだ。

十三

——たしかにまだ匂いがする——

田中は鼻を蠢《うごめ》かしつつ、僅かな違いも見逃すまいと両目を見開いて、部屋の四面の壁をゆっくりと廻った。

打ち掛けが掛かっていて、座っていた所からは死角になり、香り玉を置いて皆に見せたところで立ち止まる。

——匂いはここからのような気がする——

思いついてゴン助のように四つん這いになってみた。

目と鼻の先に畳の目を見ている。

――これは――

匂いは立ち止まった足元の一畳の畳が発しているように感じられた。

――間違いない――

立ち上がった田中は匂いのする畳を持ち上げた。

床板の上にばらばらと数個の香り玉がこぼれている。

「匂いの源《もと》がわかりました」

それを拾い集めた後、床板をめくりあげた。

「下へと階段が続いています」

「こんな階段、知りませんでした」

驚いた鳥井と、

「そりゃあ、面白かね。おお、よう出来とる。床板には溝が刻まれてる。こん戸を閉めると上からは開かなくなる仕組みよな」

西郷が階段をしげしげと眺めた。

「どうします？」

田中は動悸《どうき》がしてきた。

「階段がいったいどこに通じとるのか、見極めるほかなかと」

鳥井に手燭を持ってこさせ、西郷は先に立って階段を下りた。石で出来ている階段は巨漢の西郷の重みがかかってもびくともしない。田中と鳥井が続いた。

階段を下り終わった先は長い通路であった。驚いたことに幅がゆったりと広く、長持二棹がすれ違えるほどだった。

「そいにしても見事な仕掛よなあ。じゃっどん、残っていてよかとね。首を刎《は》ねられた廻船問屋の主は、抜け荷の証《あかし》んなる、ここんこつだけは黙り通したんじゃろ。こいだけの苦心の作を惜しかと思うたのやもしれんな。徳川にわかっとったら、埋められて跡形もなくなって、おいたちも今、こうして歩くことはできんはずじゃ」

西郷の声は変わらずに明るい。

暗闇《くらやみ》の中にそこはかとなく匂いが漂っている。田中は拾い集めた香り玉を座敷に置いてきたのでそのせいではない。

――もう一人の盗っ人はお宝をこの階段を使って盗み出す時、香り玉の数珠の糸が弾みで切れて、飛び散ったのに気がつかずにここを通ったのだろう。とすると、気がつけば、時を見て、落ちた香り玉を回収しようとするはずだ――

心配症の田中は気が気ではなくなった。

抜け道にはどんよりした土の湿り気が籠《こ》もっていて、全く風は感じられず、出口はまだまだ先のようであった。

「それにしても、たいした抜け道ですわ。これなら何かあった時、塾生たちの身を守ってやることができます」

鳥井も上に居た時とは打って変わって興味津々《きょうみしんしん》の声音であった。

「こげん抜け道のあるこつを知っとったら、鬼に金棒じゃ。老松屋に頼んでここへ越してきてもろうたじゃろうな。何せ、御一新前の江戸はおいたちにとっちゃ、物騒じゃったからのう」

西郷は感慨深く呟いた。

幕末の江戸に居た勤王派は常に命の危険に晒されていた。老松屋での会談も命懸けで、常に裏手の水路には逃亡のための小舟が用意されていた。

——もう、五十間（約九十メートル）以上は歩いているはずだ——

依然、風の気配は無かった。

——待てよ、刑死した廻船問屋が造った抜け荷のための抜け道なら、買い主を招いて隠している御禁制の品を運ぶ手立てに違いない。だとするとこの抜け道の行き着く先は——

すると突然、一行は目映い灯りに照らされた。

「熊吉」

灯りを手にして熊吉が反対側から迎えに来ていた。

「もうすぐでごわす」

相変わらず淡々と言葉少なく、熊吉は先頭に立った。

抜け道の終わりはやはりまた、石の階段になっていて、上り終えた先を開けると大きな土蔵の中であった。

荒縄で縛られて座らされているお加代の姿があった。上ってきた鳥井の姿をちらと見て、

「すみません」

俯いたまま低く呟いたが鳥井は応えなかった。

——熊吉さんはこの女に訊き糺《ただ》して案内させたのだな。たとえ、わたしが見つけなくても西郷先生なら見つけるだろうとわかっていたのだ。熊吉さんと先生の絆は生半可《なまはんか》なものではない、凄い——

田中が衝撃に似た感動を覚えたとたん、うーわんわんわわん、わんという犬の吠《ほ》える声が聞こえてきた。

——ゴン助ではないか？　しかも、あれは獲物を追いかけ、仕留める時の吠え声だ——

「わあぁ、止めてくれえ、お願いだ、止めさせてくれえ」

男の悲鳴が聞こえた。

田中が走って土蔵の戸を開けると、まんてるに帽子を被った洋服姿の四十歳ほどの男が、牙《きば》を剥《む》きだし、尾をぴんと力強く立てたゴン助に組み敷かれていた。

すぐそばには肥沼丸太郎が立っている。

「ああ、立花様——どうして、このようなことを——」

鳥井は悲しそうに項垂《うなだ》れた。

「ゴン助、止めっ」

肥沼が一喝すると、すぐにゴン助の攻撃はぴたりと止んだ。

「よくやった」

肥沼に褒められたゴン助は尻尾をふりふりと振り、身体をこすりつけるようにして最愛の世話係に寄り添った。

「こやつが蔵の中を覗いていたところをゴン助が見つけたのです」

肥沼は西郷に告げた。

「まあ、ゴン助の餌になるよりはましじゃろう」

西郷は熊吉に命じて立花弥平にも縄を掛けさせた。

二人からの聴き取りは土蔵で行われ、全て田中が書き取った。

香り玉の回収を立花とお加代は急いでいて、この夜、決行しようとして、西郷たちの訪問に遭《あ》ったのであった。立花が蔵の中を覗いたのは、お加代が灯りを頼りに抜け道の香り玉を拾い集めて、蔵で待つ相棒に渡すことになっていたからであった。

ところが、蔵にいたお加代は荒縄で縛られていて、近くには見知らぬ男熊吉が居るという、番狂わせに立花は慌てて立ち去ろうとしたところ、ゴン助に襲われたのだった。

骨董屋立花弥平はまたの名を松原義之助《まつばらよしのすけ》と言い、出身は長州の萩《はぎ》で、財政難の新政府から工芸品、美術品を自由に輸出する赦免状《しゃめんじょう》を得ていた。

以前、田中が西郷の印籠を見せてあこぎな商いを諭した骨董商津守洋平は、養子に出された弥平の実弟とわかった。弥平は叩き買いの黒幕の一人でもあったわけである。

しかし、弥平は、

「ただし、新政府の公金として儲けを分けるほかに、赦免状を作る役人に相当の金子を渡さなければなりませんでした。そうしないと他の者に赦免状を出す、言う通りに金を積む輩はいくらでもいると強気なんです。これはもう脅しです。ですから、わたしは切羽詰《せっぱつ》まっていたのです。私腹を肥やす快感で罪を犯したわけではありません」

繰り返し言い通した。

〝麗し白百合流礼法塾〟については、

「鳥井美津さんは磨《みが》けば光る玉でした。大奥での身分が御中臈などではなかったと見抜いてはいました。少なからず好いてもいました。なので、鳥井さんがそれぞれのお宝を預かって、元大奥女中の皆さんのためになりたいと相談してきた時も、清いその気持ちに賛成しました。浮き世の垢に嫌というほどまみれてきたわたしまで、ほんの一時、清らかになったような気がしました。それもあって、なかなか、お宝を預かるのではなく、買い叩けとは言えませんでした。外国での浮世絵に象徴されるように、日本の工芸品や美術品の価値はハネ上がる一方です。大奥のお宝なら、大名家の蔵出しよりもよほど価値があると見なす向きもありました。やせても枯れても天下の将軍家の大奥ですから。役人への賄賂を渋るだけではなく、事業の成績が悪くなって新政府に期待通りの儲けを渡せなくなっても、御赦免状は取り消しとなりわたしは自滅します。ですからもう、これは仕方なく、鳥井さんには悪いことをしましたが、盗まれたことにするほかなかったんです」

鳥井美津への詫びを口にしつつも、自己弁護に尽きた。

立花が脅迫されていたと言い切った相手の役人は、薩摩出身の坂塚平太郎、田中が西郷の印籠を見せて、高級料理屋の高額なツケを払わせた相手だと判明した。

当初、新政府の取締組頭は盗みを働いていた立花弥平の言うことなど、笑止千万と相手にしなかったが、西郷の印籠を目にしたとたん態度を変えた。

取締組たちにとって、遥《はる》かに偉い役人だった坂塚平太郎は取り調べの対象となり、結果、坂塚は罷免《ひめん》された。

――立花弥平は盗みの他にかわら版屋を金で操った罪で投獄されたのだから、権力を笠《かさ》に着て強請《ゆす》っていた坂塚の処遇は軽すぎないか？――

田中が疑問に感じていると、

「じゃっどん、神様は見放しちゃおらんよ」

西郷は立花と組んでいたお加代について語った。お加代は立花に一目惚れしたが、男女の関係になると、言われるままに大奥のお宝のうち自分の部屋の中に隠せる、髪飾りや金糸の帯を盗んでいたと認めかけたが、

「そりゃあ、おはんが、誰かに盗まれんように場所を移しといただけじゃろうが。主想いのよか心がけじゃ」

西郷が目配せし、鳥井が、

「まあ、それはありがとう」

一言礼を言ったので、品々の返却と共に罪を免れることができた。

「立花も盗んだもんをまだ、あの土蔵に置いとって、どこへも売っとらんかったのが幸いした。罪は減じられるはずじゃし、唆《そそのか》されて悪さをするほど惚れとったお加代は、立花を待っちょったんじゃろ。そこまで想われる立花は幸せな男で、骨の髄《ずい》までは悪党ではなかった証じゃっど」

西郷の話の途中で、熊吉がひょいと田中に向けて片目をつぶって見せた。

――ああ、なるほど、これも西郷先生の印籠の賜物《たまもの》だな――

田中はついに最後まで不可解だった疑問をぶつけて見た。

「廊下に狩野永徳の描いた屛風がありました。たしか立花が運び込んできた逸品だと聞きました。どうして、それを取り戻すというか、あの時、盗まなかったのでしょう?」

この時、西郷は熊吉と目と目を合わせ、

「そりゃあ、あん男に聞きそびれたことじゃが、憶測《おくそく》では、あいはよく出来た偽物じゃなかかね」

二人とも神妙な顔で込み上げてくる笑いを堪《こら》えた。

十四

二、三日経った頃、西郷は鳥井美津からの文を受け取った。

その節は本当にお世話になりました。先生のおかげで、大奥での身分を騙《かた》っていたことで良心が苛《さいな》まれる日々から解き放たれました。

おかげで罪にも問われず、かわら版にも書き立てられず、先生は〝麗し白百合流礼法塾〟を続けよとおっしゃいましたが、思うところあって、元御年寄様の松島様、今《いま》は今村郁代《むらいくよ》様とおっしゃいますが、と、元御客応答の岡部佐恵様にここをお譲りすることにいたしました。

このお二人なら正真正銘の大奥の元重職者ですし、塾長、副塾長としてふさわしい方々ですから。

また、立花弥平が半年の刑期で、子を宿していたお加代さんの元へ戻れると聞いてほっとしています。

騙《だま》されていたとはいえ、あの二人には少なからず世話にもなりましたから。

実は今、わたくしは母探しで四苦八苦しております。

旗本の妾腹《しょうふく》の生まれというのは真っ赤な嘘なのです。実の父は植木職で母は農民でした。父が鳥井様のお屋敷に出入りを許されていたのが縁で、鳥井様の奥様が養母ということで、大奥に推挙してくださったのです。しかし、その目的はあえて申しあげることもないかと思います。ですから、御一新は、わたしにとっては実家に戻れる良き機会であったのです。

御一新からしばらくして実の父は亡くなりましたが、看取《みと》ることができました。今際《いまわ》の際に実母は亀戸《かめいど》で蕪《かぶ》のように緻密《ちみつ》で柔らかなとんがり型の大根を作る農家の娘で、早春、葉ごと浅漬けにするこの亀戸大根を江戸に売りに出てきていて、知り合ったのだと申しておりました。名は登美《とみ》。わたくしの名は母の一字から取ったのだそうです。人を頼んで亀戸を調べてもらいましたが、すでに実母の実家や親戚《しんせき》は離散しておりました。

名を上げようと意気込んだのも、全ては実母探しのためでしたので、何とか実母を探しあて、亀戸で、実母と亀戸大根を育てる日々を送りたいのです。

これがわたくしの唯一の望みです。

そんなわたくしにうれしくもあり、困ったことが起きました。

以前、実母に名乗り出てほしいとかわら版に書いてもらったのが功を奏して、遂に実母が名乗り出てくれたのです。

ただし一人ではありません。二人です。

別れた時、物心ついていなかったわたくしにはどちらが母なのか、見当が全くつかないのです。

どうしたものかと、考えあぐねた末、西郷先生におすがりするしかなくなりました。

田中様とお二人であの抜け道を見つけた先生なら、きっと、どちらが本物の実母なのか、お決めいただけるのではないかと――

西郷先生

鳥井美津

これを読んだ西郷はすぐに熊吉に見せて指示すると、老松屋へと出かけた。一番初めに老松屋に来たのは長屋に待機していた田中だった。

田中は鳥井の文を読むと、

「これは西郷先生への願い事です」

自分が役に立てる事件のことを告げられるのではないかと期待していた田中は、正直気落ちした。

――俺が見つける前に先生はあの抜け道を嗅ぎ当てていた――

そう考えると、あの抜け道の発見は手柄などではないようにも思えてきていた。

「この文におはんの名も書かれとることだし、母親当てには、おいとここに一緒に居た方がよかが」

「はい」

返事はしたものの、気落ちに加えて、

――母親当てかぁ、せめて妹だと楽しみなんだがな――

若い男の常で、田中はあまり興味が惹かれなかった。

するとほどなく、つんと来る悪臭が臭ってきた。

「皆様が揃いました」

おたかが告げに来て、

「よし」

西郷は腰を上げ、田中は従って、中庭のある座敷へと入った。座敷には既に熊吉が居た。中庭の左右には小さな菊がこんもりと咲いている。左手には肥桶があり、桶は木製なので蓋がされていても臭いは強烈であった。

右手には見知らぬ老婆二人と鳥井美津がひれ伏していた。

座敷から見下ろすと何かの舞台のようにも見える。

——肥桶の出てくる芝居などあったろうか？——

田中が肥桶をじっと見て首を傾げると、

「鳥井美津の実母ならば亀戸大根を育てていたはず。その証《あかし》を見せてほしか」

西郷はにこにこと笑って、二人の老婆の顔を交互に見た。

西郷に向かって右側の老婆は着たきり雀《すずめ》といった様子で顔は黒く、伸ばし放題を丸めた髪は白い。

「あたしが登美です」

名乗るとお歯黒の歯が剝き出された。

——まさに農婦だな——

もう一人はきちんと着付けた縞木綿姿で、化粧気は無いがつるっとした玉の肌で、白髪混じりの髪はきちんと結われていた。

「登美と申します」

明瞭《めいりょう》な声ではあったが、慎ましく歯は見せなかった。

――小さな商いでもしている様子だ――

ただし、どちらも狸顔美人の鳥井に顔立ちがよく似ている。

――これではたしかにどちらとも判別できにくい――

気がついてみると、田中は惹き込まれてきていた。

最初にふらりと立ち上がったのは、如何《いか》にも農婦という様子の婆《ばば》の方だった。

肥桶の蓋の上に載っていた柄杓《ひしゃく》を手にすると、蓋を取り、中身をすくって、左右に咲いている菊の根元に何度もたっぷりとかけていった。

思わず田中は鼻を袖で覆いたくなったが堪えた。

――まさに鼻が曲がるとはこういうことだな――

しかし、西郷も熊吉も、肥桶の近くにいる鳥井も真剣そのものの顔で、たまらない臭いなどまるで気になっていない様子だった。

「今のがおはんの母ちゅう証とか？」

西郷の言葉に、

「草木に下肥は欠かせないもんだよ。たとえどんなに綺麗な花でも、根っ子は喜んで臭い下肥を食べるもんさね」

農婦は朴訥《ぼくとつ》に応えた。

——これで決まりだろうな——

田中はもう一人の小商いの女主風が、膝の上で隠すように両手を合わせている姿を見ていた。

——きっと綺麗すぎる手では正体がバレると懸念してのことだろう——

比べたくなって田中は農婦の手を見た。手まで真っ黒でそれ以上の様子はわからなかった。

「おはんはそうしてるだけか？　そいで母ちゅう証になるか？」

西郷は小商いの女主風に問いかけた。

——これで万事休すだな——

田中が本物は如何にも農婦という姿形の婆と決めつけた時、小商いの女主風が立ち上がった。

「早く移して土を替えないと、せっかく花を咲かせているこの菊が枯れてしまいます」

左右あるうちのまずは近い左手の菊の根元を両手で掘り始めた。

「何で枯れてしまうのか、おいたちにわかるように教えてほしかね」

西郷は小商いの女主風に訊いた。

「溜《た》めた糞尿《ふんにょう》を、そのまま何日も置いておかないと下肥にはなりません。ただの糞尿では下肥にはならず、かけすぎると草木が枯れてしまうのです」

そう応えながらも、小商いの女主風の両手はせっせと菊の根元の土を退《の》けていた。

「下肥になっている糞尿とただの糞尿の違いはどうやって見分けるとかね？」

西郷は追及した。

「見分けるのではありません。嗅ぎ分けるのです。糞尿が混じって間もない臭いと、これが熟れてきて下肥になった臭いとは、はっきりと違います」

小商いの女主風は片時も手を休めない。

――そう言われてみればそうかも――

田中は臭いに辟易《へきえき》としながらもなるほどと思った。

「おはんが鳥井美津の母登美じゃ」

西郷が小商いの女主風に言い渡した時、すでに如何にも農婦という姿形の偽者は中庭の木戸から逃げかけていたが、

「まあ、そう急ぐでなか」

西郷は呼び止め、熊吉が庭に飛び降りて捕らえた。

小商いの女主風だった鳥井の実の母、登美は小商いの女主などではなく、無理がきいた若い時分は夫の見よう見真似で雀の涙ほどの賃金で植木職並みの仕事を引き受けていたこともあった。今は商家の臨時雇いの皿洗いまたは洗濯で暮らしを立てていた。

娘が偉くなったことは相当前から知っていて、会いたがってくれていることもわかっていたが、自分のようなものが名乗り出て、娘の恥になってはいけないと必死に堪えてきた。

それでもやはり、一目会って抱きしめたい気持ちは日に日に募るばかりで、とうとうこうして名乗り出たのだという。

大事な有り金を叩《はた》いて小商いの女主風に装ったのも、あまりみっともないとやはり娘の恥になると思ってのことだった。ただし、水仕事で荒れ果てた両手だけはどうにも隠しようがなかったという。

一方、如何にも農婦という姿形をしていた婆の正体は食い詰めた若い男の芸人で、何とか、この場を誤魔化して鳥井の実母になりすまし、安楽に暮らすつもりだった。白い頭は老婆用の鬘《かつら》、黒い手も顔も全身全てが鍋墨《なべずみ》で塗られたものだった。白髪の鬘を外し、大盥に運んできた水で鍋墨を落としきると、その両手は傷一つなく白魚のようだった。年齢も三十歳にはまだ間がありそうに見えた。

こうしたかたりも罪であるが、西郷は怯《おび》えて青くなっている芸人に、

「なかなか面白か芝居を見せてもらった。今後は精進して真の舞台でしっかり頑張らんとな。おいは必ず観《み》に行くでよ」

と話しかけ、もとより罪には問わなかった。

「お美津」

「おっかさん」

鳥井母娘はしっかりと抱き合いながら、うれし泣きにむせんだ。

――これはまさに西郷流の大岡裁《おおおかさば》きだ。黄門様《こうもんさま》（水戸《みと》二代藩主光圀《みつくに》）ならぬ、西郷の印

籠に続き大岡裁きとは、先生はしっかり江戸人をしてる。いいや、そうではない、今も昔も、江戸も薩摩も東京も関係なく、先生は自分の信じる正義と人のあるべき道を極めておられるのだ――

西郷の目もまた濡《ぬ》れてきていて、登美に代わって菊を移し替えていた熊吉だけではなく田中まで釣られた。

その二日後、天璋院から西郷に文と薩摩でとれた唐芋《からいも》が届けられた。

〝麗し白百合流礼法塾〟の新塾長になった元御年寄の松島、今村郁代より、美津が探し当てた実の母親と共に亀戸に帰ったと聞きました。

副塾長の元御客応答の岡部佐恵は松島ほど警戒心が強くないので、わたくしのところへ呼ぶと、美津が実母と再会できたくわしい経緯《いきさつ》を聞かせてくれました。

美津も誰かに一部始終を話さずにはいられなかったのでしょう。

白州で名奉行ぶりを発揮した越前守《えちぜんのかみ》にちなんだ、俗にいう大岡裁きを考えついて、楽しく面白がってくれたような気もしますが、吉之助には並々ならぬ世話をかけてしまいました、ありがとう。

美津母娘はきっと幸せに暮らすことでしょう。

ただ、教える者が今村郁代と岡部佐恵に代わったとたん、〝麗し白百合流礼法塾〟の塾生たちは退塾する者がすぐに半数を超え、競争相手の京の姫君を担いだ〝雅菊花礼法指南〟に人気が移ったようです。ここの塾長は京の姫君ではなく、侍女にすぎなかったという噂もあるようです。

吉之助が前に言っていたように、これからは身分ではなく人でしょう。ここまで自由な世の中ともなれば、どこに生まれたのかではなく、どんなことを成し遂げられるかなのです。残念ですけれど、いずれ、大奥の最後の砦《とりで》とも言えた〝麗し白百合流礼法塾〟を閉める日も来るような気がします。

世話をかけた礼に、薩摩に手配したとっておきの唐芋を届けます。それから、故郷のなつかしい故郷の味を焼き芋か、ふかし芋で共に味わいましょう。

唐芋は府中での保存に結構、注意が要ります。わたしは寒さ対策として、凍りつく前のような状態が長いと日々の冷えで腐ります。土に埋めておけば言うことなしですが、少々大変なので——。

もみ殻やおが屑《くず》などの中に唐芋を入れて保存しています。

感謝をこめて。

天璋院

吉之助様

これを読んだ西郷は木箱の中から唐芋を取り出すと、道具箱のある納屋へと立ち寄り、鍬《くわ》を振るって二尺（約六十センチ）ほどのやや深めの穴を掘った。

そこに天璋院が届けてくれた唐芋を埋めて、

「これでよか。何と言っても、土じゃ、土。土の有り難さを忘れちゃいかん。こいなら、大奥の贅沢な品々と比べて、勝るとも劣らない大事な宝物を一本残らず、無駄にせんですむが」

呟いて手を合わせ瞑目《めいもく》した。

第三話　人力車夫　吉之助

一

神無月も終わりに近づいた夜更け頃、西郷《さいごう》の許《もと》を、長身痩軀《ちょうしんそうく》の気むずかしい顔つきの大《おお》久保利通《くぼとしみち》が突然、ティーの茶葉を手土産《てみやげ》に訪れた。

迎えに出た熊吉《くまきち》は、

――こんお人はこのいつも険《けわ》しげな様子で、さぞかし、損ばしとるだろう。じゃっどん、情に流されることなく、我が道を行って今の地位に上り詰めなさったのかもしれん――

鍛えた刀剣か、鎧《よろい》を着た武者のようだとこの来客について思った。

「あの大蔵卿《おおくらきょう》になりなさった大久保様がおいででごわす」

熊吉に起こされた西郷は、

「ほう、正助《しょうすけ》さぁが来たか」

やや緊張した面持《おもも》ちになり、寝間着代わりの浴衣《ゆかた》の上に軍服の上着を羽織った。

さすがにもう蚊帳《かや》は吊《つ》られていない。

正助は大久保の元服後の名である。二人は共に下級藩士である御小姓与《おこしょうぐみ》の生まれで、学問所等にも一緒に通い、倒幕、御一新のために二人三脚で心血を注いできた。

「何でも、来月、大久保様は百人以上の人たちと米国や欧州各国へ行き、幕末に結んだ条約を改める準備と視察をなさるとのことで、吉之助さぁに挨拶《あいさつ》に来たとのことでごわす」

子ども時代から西郷と親しく身辺にも通じている大久保は、西欧の国情をも含めてたいていの話は理解できる、熊吉の真の能力を知っていた。

熊吉の方も大久保を熟知していた。

――大久保様はただの西洋かぶれではなか。徹底した西洋かぶれで、進んだ西洋の技術や政治をこの国のために早急に取り容《い》れようとなさっている――

もっとも、敬愛までしているのは主《あるじ》西郷に倣《なら》ってのことではあったが――。

「よう来た、よう来た」

いつの間にか笑顔になっていた西郷は、大久保のために熊吉に膳《ぜん》を運ばせた。

熊吉は迷うことなく、高菜漬け、大根の梅酢漬け、塩、酢、赤紫蘇《あかじそ》と三種のらっきょう漬け、人参と苦瓜《にがうり》の味噌《みそ》漬け等と薩摩焼酎《さつましょうちゅう》を大久保に勧めた。この味噌漬けはこっくりとした飴色《あめいろ》の古漬けで、裸麦を発酵させて作る味噌樽《みそだる》の底に忍ばせて仕上げる。

西洋に追いつけ、追い越せの理論武装派である大久保は、万事に洋風で一部の隙《すき》もなく背広とまんてる（フロックコート）を身につけて、散切《ざんぎ》り頭は髪油で固め、朝食には珈琲《コーヒー》とブランデーを垂らしたオートミールを食していた。

しかし、大久保のこうした西洋礼賛ぶりには、自己に課した命題であるかのようなやや悲壮な決意のほどが窺《うかが》われた。

その実、大久保は故郷の日々の食に欠かせない漬け物に目が無かったのである。

――大久保様はたくあんが特にお好きだったはずじゃが――

毎年、霜月《しもつき》末から師走《しわす》にかけて漬け込むたくあんは夏までに食べきってしまい、あいにく切らしていた。その代わりに梅煮を小皿に盛りつけた。梅煮は軽く塩抜きした梅干しを梅肉と種に分け、種を金槌《かなづち》で叩いて中の仁《にん》を梅肉と一緒に砂糖煮にしたものである。

これは焼酎にも合ったが下戸の西郷の良き茶請けにもなった。

同じ肴《さかな》で大久保は焼酎を飲み、西郷はお持たせのティーを啜《すす》った。

「ティーはよ、煎茶《せんちゃ》と同じ茶の葉で作ることができるんじゃと。作り方が違うだけじゃと。暑いところでしか育たない珈琲豆とは違って、この日本でも温暖な場所でなら栽培できる。いずれ、やる気のある商人や農家に作らせてみようと思うとる。ティーというのは本当はブラック・ティーと言うそうだが、西洋じゃあ、珈琲と並んで、日本における煎茶のように広く飲まれとるで、輸出の目玉にできるかもしれん」

ティーの茶葉を持参した大久保は茶葉生産の明るい見通しを熱く語った。

西郷は、

「そうじゃろうか？　おいたちが煎茶じゃ、抹茶《まっちゃ》じゃ、ほうじ茶じゃと種類にうるさく、さらに産地にまで拘《こだわ》るように、西洋人も珈琲、ティーにはうるさすぎるほど、うるさいのではなかとか？」

理路整然と反論して先を続けた。

「変わらんな、正助さぁは算盤《そろばん》と一緒に生まれなすった」

その言葉も西郷の口から出ると少しも嫌みではなかった。

「変わるはずなどなか」

大久保は腹に力をこめてから、

「さあ、じゃあ、算盤人のおいが言うぞ。東京は華やかで面白かところじゃから、吉之助《きちのすけ》さぁは薩摩ば帰りとうないだろう？」

やっと切り出した。

「いやあ、廃藩置県も無事にお役目を果たし申したで、そろそろ薩摩に帰って、芋や米でも作りたい思うとる」

西郷はぎくりとしたが笑顔は崩さなかった。

――正助さぁはこれだから手強《てごわ》い――

府中の治安を守るべく、西郷が薩長土肥《さっちょうどひ》の横暴等を私的に取り締まっている事実は、まだ、この大久保にも知られていない、そのはずではあったが――。

それに悪の根絶を目指して正義を広く世に知らしめた暁には、鍬《くわ》や鋤《すき》を手にして土と共に生きるのが西郷の理想である。

「あん時は悪いことばしたな――」

急に大久保はしょんぼりと肩を落とした。

——大久保様のこのような有様を見た者は、このおいと吉之助さぁだけじゃろう——

熊吉は廊下で盗み聞きしていた。

深夜の突然の訪問とあって警護の者は皆寝入っている。密《ひそ》かに大久保を尾行《つけ》てきて、西郷ともども血祭りに上げようとする輩《やから》たちがいないとも限らない、何とも不穏な時世である。

——吉之助さぁときたら、幕末では幕府に弓引く謀反人《むほんにん》、御一新後は天下を取った薩長土肥に反感を持つ、士族たちの天敵扱いだ。共に命を狙《ねら》われているという点では変わらない——

熊吉には今、この場で何か起きた場合、守れるのは自分だけなのだという自負があった。

それゆえ、盗み聞きを少しも恥じてはいない。

「あん時？」

西郷は惚《とぼ》けてみた。

大久保は思慮深い沈黙の策士であった。無駄口は叩《たた》かず、理想の新政府を築くための構想はすべて明晰《めいせき》な頭脳にしまい込んでいる。笑うことの滅多にない様子に誰《だれ》もがたじろいだ。

ただし、西郷は唯一の例外であった。西郷と対すると、なぜか、大久保は沈黙を破り、二人して家の裏手の小川で泥鰌《どじょう》をすくって、晩飯の足しにしていた時の感情に押し流されてしまう。

一方、西郷の方はこの大久保だけがただ一人、知らずと策を巡らす相手となった。

ようは西郷の人誑《ひとたら》しとも言われる、おおらかこの上ない温かな人柄と、大久保の冷徹そのものの性格と剃刀《かみそり》のように切れ味のいい頭が相俟《あいま》って、二人で一人の不世出の天才が新しい時代を開いたのである。

それゆえ、対すれば大久保は西郷に呑《の》まれ、西郷は柄にもなく大久保の策を探ることができた。正確に言うと、少しばかり西郷が惚けてみせるだけで、大久保は多弁になって隠し事などできなくなるのであった。

「あん時、正助さぁは泥鰌獲《と》りが上手《うま》かで、裏の川で獲った笊《ざる》一杯の泥鰌を譲って貰《もら》ったのは、おいの方じゃっど」

西郷は惚け続けたが、大久保との楽しかった日々がたまらなくなつかしくもあった。

「吉之助さぁときたら、そげば大きな目を見開いて、愛《いと》おしそうに泥鰌をじっと見とるばかりじゃったから、獲れるはずもなか」

大久保はその時の西郷の無邪気で温かな生き仏のような表情を思い出して、目頭が熱くさえなった。

――そいは今も変わらんちゅうに、おいはこの上また無理を頼もうとしている――

大久保はやっとの思いで冷静さを取り戻すと肝腎《かんじん》な話に移った。

「さきほど、熊吉にも話したが、おいは来月、外遊することになった」

「諸外国に学ぶはよかね」

西郷は国の財務を一手に牛耳る大蔵卿の職務をこなす大久保の苦悩を知っていた。

――金がどっさり出る鉱山があるわけでも、これといった産業があるわけでもないこの日本で、輸出できるのは絵画や工芸品等の美術品だけで、その上、後進国の悲《し》しさで貿易での儲《もう》けは薄い。大蔵卿の正助さぁほど、この日本が今は貧しかことを身に沁みて悔しく思うとる者は他におらんじゃろう――

その大久保は胸中を語り始めた。

「薩長の天下だとは言っても所詮《しょせん》、井の中の蛙《かわず》よ。世界は広く文明国である西洋の列強は強か。おいとて府中の風紀や治安の乱れ具合が気にならんこともないが、目先の取締に全力は注げない。もっと先を見通さねば、泰平の眠りから覚めたばかりのこの国は諸外国の餌食《えじき》になってしまう。これでは何のために幕府を倒したのかわからん、鎖国をしておった方が、まだましじゃっということになる」

「そいはそうじゃが、だからと言って、新政府が御用商人を増やすのは解せんな。誰もが儲けの多い御用商人になりたがり、半官半民はとかく賄賂《わいろ》合戦の温床でごわしょう」

立花弥平《たちばなやへい》と坂塚平太郎《さかづかへいたろう》の一件を思い出した西郷は珍しく息を弾ませた。

「御用商人が金の亡者にならんよう、しっかりした見張りがいるとね」

大久保の言葉に、

「その通り」

西郷は大きく頷《うなず》いた。

するとこの時、大久保はよし、やったという満足げな微笑《ほほえ》みを浮かべた。

――今日のよか風はおいの方に吹いとる――

「今回、おいが外遊しとる留守の間、吉之助さぁにこの国を任せたい」

大久保はやや声を張り上げた。

聞いていた熊吉は、

――この国の長《おさ》は天子様じゃが、実際に舵取《かじと》りをしてるのは大久保様たちだ。その大久保様が吉之助さぁに留守を頼むんは、天子様の次に偉《えれ》え人になってくれちゅうことじゃ。これはまた、吉之助さぁに大それたことが降ってきた――

当人でもないのに胸のあたりがどきどきしてきた。

「他にいくらでも適任の者はおろうよ」

西郷は真剣に困惑していた。

「駄目じゃ、駄目じゃ、吉之助さぁでなくては駄目なんじゃ」

大久保は子どものように首をぶんぶんと振って見せた。

「うーん」

一声唸《うな》って西郷はしばらく黙っていたが、やがて、

「おいで役立つんなら、引き受けてもよか」

意外にあっさりと承知して、

「他ならん正助さぁの頼み、無下にはできん」

かつて泥鰌を見ていたのと同じ優しい目を大久保に向けて、

「ただし、その代わり、こん国と人のためになることなら、おいの好きなようにしてよかかね？」

きっちりと念を押した。

これを耳にした熊吉は、

――いけん、いけん、吉之助さぁはあの特命見廻《みまわ》りにさらにまた力を注ぐ気だ。命の保証はますます無くなる――

知らずと顔全体を梅干しのように顰《しか》めていた。

帰路に就いた大久保は、一時、西郷という春風に包まれているかのようないい気分だったが、

――あん時とは廃藩置県の施行で吉之助さぁを担ぎ出した時のことだった。とうとうあん時んこと、頼まれると断れん吉之助さぁの弱みに乗じて、過酷な修羅場に担ぎ出した詫《わ》びを言わず仕舞いじゃった。廃藩置県は新政府に全ての権力を集めるっちゅう、大名たちにとっちゃあ、無茶苦茶な決め事じゃった。この後、大名だけは何とか食っていけても、家臣の多くはその不平不満が新政府に向いて、あちこちで反乱が起きかねなかった。それがそこそこにおさまったのは、指揮を執ってくれた吉之助さぁの人徳の賜物《たまもの》だ。じゃっどん、すべての士族が得心しているとは限らず、いつ、凶刃が吉之助さぁに向くとも分から

ん。おいたちは吉之助さぁを御輿《みこし》に担いで人柱にしとるも同然ではなかか？　これでよかか？　よかとか？——

繰り返し自問しつつ、自らを罰するかのように固めた拳《こぶし》でわれと我が胸を力一杯叩《たた》いた。

そして急に殊《こと》の外《ほか》風が冷たいと感じた。

二

それから二日ほど過ぎて、熊吉は西郷に呼ばれた。

気のせいか、西郷は以前にも増して生き生きしてきたように見えた。あるいはいたずら小僧の顔にも——。

「外遊する正助さぁたちは特命全権大使ちゅう名だそうじゃ。そいにあやかって、おいは特命守護大使ち名を名乗ることにした。留守内閣守り役ではぱっとせんじゃろが」

「よかお役目名でごわすな」

熊吉はそつなく相づちを打った。

「正助さぁが留守だと自由でよかねえ」

西郷は大ふぐりを庇《かば》いつつ立ち上がった。

「そげん、大久保様は煙たかか？」

「あん男と一緒にいると、いつも手の届かない大空の雲ば、見上げてにゃあならん気がして窮屈《きゅうくつ》なこつある。追いつけ、追い越せもよかが、おいは自分の目で見て手で触れて感じられる世界のために、これと信じた正義を貫きたか」

「たしかに自分で見聞きしたことしか、正しかことと、そうでなかことの区別はなかなかつきにくいもんでごわすな」

熊吉がなるほどと同調したとたん、

「熊吉に賛成して貰《もら》えるとはうれしかね」

西郷の目がきらきら輝き始めた。

――どうやら、いかんことを言うてしまったようだ――

熊吉が慌てた時はもう後の祭りで、

「川路《かわじ》や田中《たなか》たちにばかり、見聞させるのはよかことじゃなか。戦いん時、掛け声ばかりで遥《はる》か後ろに身を引きおり、自分の命の心配ばかりしとる大将と同じじゃっで。おいも日々、労苦を厭《いと》わず、自分の目や耳を使って府中を見廻るべきじゃと、実はずっと前から思うとった」

西郷はわくわくした様子になった。

「如何《いか》にも吉之助さぁらしい気持ちじゃけんど、いったい、何をどうしたいんでごわすか?」

熊吉は冷や汗を掻《か》きつつ笑顔を崩さずに訊《き》いた。

「そいは、もう、決まっとるんじゃが」

西郷のいたずら小僧顔が熊吉の耳元にすいと寄った。

「なるほど」

さすがの熊吉もこれには仰天したが、例によって少しも顔色を変えずに、

「それはまた、面白かこつで」

目を伏せて同調した。

「やっぱりそうじゃろ？　思いついた時、おいは真っ先におはんに教えにゃならんと思うた」

「たしかに大久保様がお聞きになったら、飛んで見えて止められるでごわしょ」

この時ほど熊吉は大久保の外遊が気に食わなかったことは無かった。

――文を書けば戻ってきてくれるだろうか？――

とはいえ、熊吉にとって西洋は世界の果てのように遠い遠い場所であった。

――文が届くには時がかかるだろうし、無事にお戻りになるとも限らんし――

大久保頼みを諦《あきら》めかけた時、

「おいはこれからしばらく、忙しすぎる正助さぁが気にかかりつつ、蓋《ふた》をするしかなくなっとった、府中の臭い物の蓋を開けられるだけ開けてみようと思うとる。足元の蟻《あり》一匹助けられんで、大空高く舞う鷲《わし》を捕まえられんはずじゃ。それにはこれじゃ、これ、これ」

腰を屈《かが》めた西郷は荷車を曳《ひ》く格好をしてみせた。

それから何日かして、田中作二郎《さくじろう》と肥沼丸太郎《こえぬまるたろう》は熊吉に呼びつけられた。

だだっ広い厨《くりや》の土間に仁王立ちした熊吉は、

「まず、こいは誰にも洩《も》らしてはならん」

険《けわ》しい表情で口を開いた。

ただでさえ厳しい熊吉が、目と眉《まゆ》を吊《つ》り上げている。

――口まで裂けて吊り上がったら鬼だ――

怯《おび》えさえ感じた田中は咄嗟《とっさ》に言葉が出なくなったが、

「はい」

肥沼は大人しく受け応《こた》えて頷いた。

「わかっております」

田中も焦って応える。

「西郷先生はこのたび、外遊なさる政府高官の皆様に代わってこの国の留守を守るべく特命守護大使の重職にお就きになった。とかく、府中の有象無象《うぞうむぞう》の取締組たちは、立ち小便等往来での禁止されている振る舞いばかり叱《しか》りつけて、得意げに威張り散らしている。西郷先生は身を挺《てい》して、こうした体たらくな取締組たちが手薄にしている、府中の治安維持、見廻りを一層強化される意向である」

熊吉は薩摩弁を交えず、よどみなく話した。

――ふーん、特命守護大使か、特命――

府中特命見廻りという役職を思いついて、使い続けている田中には西郷の役職に付けられていた〝特命〟が何とも好ましかった。

――身を挺されるとはいったい、どういうことなのか？――

田中が首を傾げかけた時、

「ついてはしばらくの間、田中、肥沼両名を人力車夫とする」

熊吉は平然と言い放った。

――えっ、今、何と？――

田中が啞然《あぜん》としている間にまたしても、

「わかりました」

肥沼は抑揚のない声で応えた。仕方なく田中は、

「はいっ」

先を越された悔しさから、精一杯大声を上げた。

――どうして、俺たちが人力車夫になるのか？――

人力車は牛鍋屋同様、御一新後、府中で爆発的に増えた乗物であった。幌《ほろ》と車輪を付けた台の上に人が腰掛ける。それを曳くのは馬ではなく、笠《かさ》を被《かぶ》り、黒い小袖《こそで》に股引《ももひき》姿の車夫である。人力車が日本全国に広く普及した理由の一つは、元駕籠《かご》舁《か》きたちだけではなく、禄《ろく》を減らされた士族や卒族たちも車夫稼業で糊口《ここう》を凌《しの》ぐことができたからであった。

「ゴン助を連れて人力車を曳くのですか？」

肥沼が熊吉に訊いた。

「いいや、連れずともよか。ゴン助の世話係は他に人を雇うことに決めた。口入屋に頼ん

だところだ」

応えた熊吉の仏頂面に、

「われらは人力車夫を務めて何のお役目を果たすのです？」

田中は目を据えた。

「そいは明日の六ツ時（午前六時頃）にここん屋敷の裏庭へ来ればわかる」

熊吉はそれ以上は教えてくれなかった。

翌朝、田中はまだ暗いうちに起き出すと、長屋の井戸端で顔を洗った。ふうと息を吐き出すと白かった。

――今日は会えないな――

阿佐《あさ》の明るい笑顔がふっと浮かんで消えた。

――あれから、肥沼は俺のところへは来ていない。だが、あの時、牛鍋《ぎゅうなべ》のタレを付けて焼いた握り飯でもてなした阿佐が、働いている店の名を告げたところ、肥沼が客としてやってきたと話していた。肥沼は俺のところへは来ずとも、一目惚《ひとめぼ》れしている阿佐には会いに行った――

田中は牛鍋の給仕をする阿佐と肥沼がどんな話をしたのか、気になって仕様がなくなった。

――もしや、俺まで阿佐に惚れてしまったのか？――

田中は西郷の住まいへと走りながら、ぶんぶんと頭を左右に振った。

――お役目第一、お役目第一――

心の中で唱え続けて阿佐の面影を消した。

屋敷に近づくにつれて、わんわんわわんと鳴くゴン助の声が聞こえた。見知らぬ相手を警戒して吠《ほ》えているのではない証《あかし》に、鳴き声に甘えとかまって欲しい懇願《こんがん》が混じっている。

「ったく、仕様がなか女子じゃっが」

西郷の呟《つぶや》く声も聞こえた。

そっと門の隙間《すきま》から中を覗《のぞ》くと、ゴン助のいる犬舎へと歩いて行く西郷の後ろ姿が見えた。

――それにしても、初めて見るお姿だ――

黒装束に菅笠《すげがさ》を被った男が西郷だとわかったのは、声が聞こえたせいもあるが、太い首と幅広の厚い肩に加えて、大ふぐりのせいでやや不自由そうに下半身を押し出す、独特の歩き方によるものであった。

その西郷が懸命に走ろうとしている。

――何も走らなくても――

歩くのも大儀そうなのだから、走るのは無謀に思えた。

だが、西郷は走るのを止めない。正確に言えば走ろうとしてますます不格好に歩いてい《や》た。

西郷はやっと鳴き声の前まで来た。

「ゴン助よぉ、いつまで鳴いちょっか？　犬や年ば取っとるおいや熊吉と違《ちご》うて、ここんいる若い連中は朝はちょっとでも長く眠っていたかよ。迷惑じゃから、もう、鳴かんでくれ」

西郷は右手を差しのばしてゴン助を撫《な》でた。撫でられたゴン助はわんわんわわん、きゅきゅきゅーんと鼻まで鳴らして、ますます甘えた鳴き声に磨きをかけた。そばにあった引き綱を咥《くわ》えて尾を振り続ける。

「わかった、わかった、おはんの気に入りの世話係ができたっち聞いとったが、おいのこつも思い出してくれたんじゃな。よしよし、一緒に一廻《ひとめぐ》りしような」

西郷はゴン助の首に引き綱を付けて歩き始めた。走らなかったのは、走ろうとする西郷を止めるかのように、ゴン助がゆっくりとした、常の散歩の歩幅を保ち続けたからであった。

三

田中は西郷とゴン助の後を尾行《つけ》て約束の裏庭まで来た。

驚いたことに裏木戸近くに人力車が一台置かれていた。

「おいおい、もう一廻りか？　仕様がなか女子じゃが。よしよし、あと一廻りだけじゃっど。おいにはこの後、やらなきゃならん、大事な仕事があっでな」

西郷とゴン助は金色に色づいて葉を落とし始めている大銀杏《おおいちょう》の前を通りすぎた。するとその大銀杏の後ろから熊吉の顔がちらっと覗いた。その顔は〝遅いっ〟と田中を叱責《しっせき》している。

──しまった。西郷先生に気を取られて約束の時を過ごしてしまった──

それでも一人と一匹が気になった田中は後を追おうとしたが、今度は手招きする肥沼の顔が見えた。

──いったい、これは何なんだ？──

田中は熊吉と肥沼が隠れている大銀杏の後ろに廻った。

熊吉はいつもと変わらないこざっぱりしている縞木綿《しまもめん》の小袖姿だが、肥沼の方はさっきの西郷によく似た形《なり》をしている。間近でよくよく見ると黒の腹掛けの上に、黒い法被《はっぴ》を重ねていて、下はやはり黒の股引に黒の足袋跣《たびはだし》であった。

なぜか、二人とも柳行李《やなぎごうり》を背負っている。

「おはんも早く着替えてくいやんせ」

憮然《ぶぜん》とした面持ちの熊吉は、肥沼に背負わしている柳行李の中から、黒い法被と股引、黒い足袋を出して田中に渡した。

田中も肥沼も普段は縞柄の小袖に下駄という形なのだが、あっという間に股引を穿《は》き、下駄を脱いで黒い足袋を履いた。

田中は脱いだ小袖や下駄を手早く肥沼の背中の柳行李に詰め込んだ。

「そっちの行李はわたしが背負います」

田中は熊吉の背中を軽くするべく、申し出たが、

「こいは大事なもんじゃって」

相手は首を横に振った。

西郷とゴン助が戻ってきた。

「もう仕舞いじゃ。おいは今日からこれを曳かんといかんから、おはんの相手はこれ以上できん」

西郷は近くにあった、犬を繫《つな》いでおくために打たれた丈夫な杭にゴン助を繫いだ。

そして西郷は裏木戸近くの人力車の方へと走って行こうとするが、つんのめり気味に歩き続けるしかなかった。

ゴン助がまたわんわん、わんわんと吠えだした。その鳴き方は無理は止《や》めろと、主に警告を発しているかのようだった。

熊吉が大銀杏の後ろを離れて、裏庭のカラタチの生け垣を飛び越えた。田中と肥沼も倣《なら》った。一瞬、錯覚ではないかと疑ったが、生け垣に沿ってもう一台、人力車が置かれていた。

──こんなのは初めて見た──

もう一台の方は幌まで立派で横幅が一人乗りの倍あった。

──珍しい二人乗りのようだ──

「二人でこいを動かしてみてくれ」

熊吉の指示で、車夫姿の田中と肥沼は客が乗る台座と繋がれている柄を握った。車軸の両側に一つずつある車輪が動いて前へと進んだ。

田中は熊吉と目を合わさないようにして、

――普段、眺めている分には軽々と走っているかのようだった人力車も、結構な重さだな――

ため息を洩らした。

「こっちだ」

熊吉は二人が曳く人力車を裏木戸まで誘導した。御一新前は裏木戸に鍵《かぎ》など掛けなかった府中の人々も、何かと騒がしく危険な時世柄、鍵を用いて自衛するようになっていた。西郷の屋敷も例外ではなかったが、すでに錠は熊吉が外していたらしく、手前に引くとすぐに開いた。

二人乗りの人力車が中へと進み、一人乗りの人力車の柄を握って汗だくになっている西郷と顔が合った。気持ちばかり前に進んでいて、肝腎《かんじん》の足がついて行かない様子であった。

ゴン助は止めろ、止めろと鳴き続けている。

「ほんにおはんは主想《おも》いのよか犬だ」

熊吉は繋がれているゴン助の頭を撫でた。

「このように取り計らいましたが、いかがでごわしょうか？」

熊吉は田中と肥沼が曳く二人乗りの人力車を一瞥《いちべつ》して、深々と西郷の前に頭を垂れた。

「そげん、大きな人力車は珍しかね、面白かよ」

西郷は人力車の柄を握ったまま、快活に応えた。

――吉之助さぁは人のお膳立《ぜんだ》てを無にせんお人じゃ――

熊吉はその性質に働きかけて、西郷の無謀な人力車夫志願を思い止《とど》まらせようとしていた。

「こん若い二人もすっかり、人力車夫ぶりが板についておるでしょう？」

熊吉はさらに畳みかけた。

――下の者たちの前で、恥掻《か》かせんように振る舞ってくれるのも、吉之助さぁならではじゃ――

「二人とも、人力車夫の形がよう似合《にお》うとってよかね」

西郷は目を細めた。

「こん二人なら、間違うなく、期待通りにお役目を果たすことでごわしょう。人力車夫の目と耳で府中を見廻り、治安を守る重きお役目、こん二人にお任せになっては？」

この時熊吉は、〝それでよか、よか〟と西郷が同調してくれるものと確信していたのだが、西郷はしばらく押し黙った後、

「実はなあ――」

田中と肥沼にその目を注いだ。

「若い頃、南の島で罹《かか》った病が因《もと》の大ふぐりのせいでおいはなかなか走れん。ここまで酷《ひど》

いとは走ってみてよくわかった。ゴン助にまで案じてもらうとは、口惜《くや》しか、情けなかね
え。じゃっどん、助けがあれば、こんなおいでも人力車夫が務まるちわかった」

西郷が一人乗りの人力車から離れると、

「ちょっと、おいとその場所ば替わってくれんかね」

田中に頭を下げた。

――天子様に次ぐ身分の特命守護大使様が俺に頭を下げている――

「はっ」

仰天した田中は慌てて二人乗りの柄から手を放した。

ゴン助はまだ鳴き止んでいない。

西郷は繋いでいだゴン助の綱を外した。

ゴン助は一目散に肥沼の元へと走って行く。肥沼に身体《からだ》をすり寄せるものの、大人しく、
わんとも吠えない。

「二人と一匹の人力車夫じゃ。ゴン助は肥沼と一緒なら吠えはせん、もともと強か賢か薩
摩の犬じゃっで、大事があれば勇敢に戦っておいたちを守ってくれるじゃろ。それに何よ
り、歩幅の進み具合ばゴン助に任せておけば、おいもついていけるっち思う。ただし、急
ぎの客にはこいでは迷惑じゃっで――」

熊吉と肥沼の方を見て話していた西郷は、

「悪いがおはんは、おいたちが引き受けられん客を乗せてくれっと有り難い」

また頭を下げた。

「わかりましたっ」

田中は勢いよく返事を返した。

「熊吉、こんこつじゃぁ、よくよく心配かけたのぉ。おいのためのの人力車だけじゃのうて、こげん便利な大きな車まで見つけてくれて礼を言う」

西郷に労《ねぎら》われた熊吉は、

「田中にはただ引き受けられない客を乗せるだけではなしに、先生がお疲れになった時の世話をしてもらうつもりでごわす」

やおら、背負っていた柳行李を下ろすと、中から、背広や白のメリンスシャツ、ネクタイ、まんてるを含む洋服一式、山高帽子に加えて、金縁眼鏡に口髭《くちひげ》といった変装の品々を取り出した。

「こいは何か？」

西郷は目を丸くしつつ、困惑していた。もとより、洋装は軍服さえも苦手で、陛下への拝謁等、抜き差しならない時に限って渋々身につけている。

「御一新後、時流に乗って成功した者は猫も杓子《しゃくし》も洋服姿で写真を撮りもす。洋服は金持ちか薩長土肥役人の特権のように見られてます。吉之助さぁが西郷隆盛とわからんようにして、田中の人力車でお疲れを癒《いや》すために休むには、着替えて化けて、一時、西洋かぶれの成金になってもらうよりありません。こいなら、吉之助さぁに最もふさわしくない姿じゃって、容易には誰《だれ》も見破りよりません。そもそも人力車夫の形で客席におるのはおかしかですし、菅笠を取らぬわけにもいかんでしょう。そうすればすぐに西郷隆盛とわかってしまいます。こん屋敷から一歩でれば、どんな輩《やから》が吉之助さぁのお命ば狙いよるか――。吉之助さぁは虎《とら》が潜んでいるとわかっている洞窟《どうくつ》に入って行こうとしとるも同然なんでごわす」

熊吉は切々と訴えた。

――吉之助さぁの人力車夫志願を止めさせるのが一番だったが、こういう流れになることも念頭にいれとって、ここまでのお膳立てをしとってよかった。何しろ、こん人は人のお膳立てを断れる人じゃなか――

「とんだ我《わ》が儘《まま》もんですまんかった」

西郷は熊吉にも頭を下げた。

こうして田中はやっと熊吉から、

「頼むで。くれぐれも無くしたり、落としたりせんでな」

西郷の着替えと変装道具の入った柳行李を渡してもらうことができた。

四

熊吉が人力車屋の元締めを拝み倒して譲って貰《もら》った二人乗りは、府中一遅い人力車であったにもかかわらず、すぐに大人気を博すようになった。

珍しい大型もさることながら、黒法被、黒股引、黒の足袋跣の車夫肥沼の様子が何とも粋《いき》でいなせで格好いい、怖そうな面構えの犬が実は大人しく利口で可愛《かわい》いと、江戸の頃《ころ》にはおちゃっぴいと言われていた、活発なおしゃべり娘たちの間で話題にされたのである。

肥沼が筋肉質の背中と長い足、形のいい鼻筋と口元ゆえの端正な横顔が堪《たま》らないと称される一方、西郷の方は〝隣りで曳いてる菅笠を被った太っちょのおじさん〟とだけ、おちゃっぴいたちの話に出るだけで、噂《うわさ》を聞きつけて、乗ってみる客たちも関心を払わなかった。

これには、

「まずはよかよか」

「ようごわした」

モテたがり屋ではない西郷も、ただただその身を案じる熊吉も一安心した。

問題はやはり西郷の体調だった。大人気の人力車は客が引きも切らず、ろくに休む暇《ひま》がなかったのである。

持病持ちの西郷は疲れ果てて、台座とつながれた柄を握って立ち往生するようになり、見かねた肥沼が、

「先生の代わりにゴン助に車を曳かせます」

意外にも有無を言わせぬ口調で告げ、

「それはよか案じゃ」

大きく頷いた熊吉が手伝い、ゴン助の首輪に引き縄を付けて、結び目が外れないよう工夫した柄の先に固定した。

「わーい、わーい、犬の車夫だあ、犬の文明開化だぞぃ」

道行く子どもたちは歓声を上げたが、西郷の方は、

「役に立たず、苦労をかけてすまん」

しきりに詫《わ》びて、洋服に着替えて変装すると、常時、田中の人力車の客となった。

「いいか、二台で先生をしっかりお守りするんじゃぞ」

熊吉に命じられている通り、肥沼、田中、各々の人力車は片時も離れずに府中を走った。

――この姿の先生をまさか、あの西郷隆盛だとは誰も気がつくまい――

頭が身体に比べてやや小さく、どーんと肩幅が広い西郷の洋服姿はさまになっていた。

ただし、金縁眼鏡でにわか成金に見せようとした熊吉の試みは外れ、大きな目鼻立ちが鼻の下の立派な付け髭と相俟《あいま》って、新政府高官と同じまたはそれ以上の高額な給金を保証されて来日している、技術または学識豊かな御雇《おやとい》外国人の一人のように見えた。

御雇外国人とは、新政府が文明開化、富国強兵を国策に掲げて、西洋の学術と近代技術を導入するべく雇い入れた外国籍の者たちで、その多くがイギリス、フランス、アメリカ、ドイツ、オランダから来ていた。

「そいも目立って困るで」

西郷は金縁眼鏡と付け髭を外し、山高帽を脱ぐと、代わりに車夫姿の時の気に入りの菅

笠をすっぽりと被った。

――まあ、この程度の変わり者の成金はいるかもしれんし、化けていない顔が丸見えになるよりはよか――

まだ、何事も起きていないことでもあり、熊吉はこれに妥協《だきょう》した。

そんなある朝のことであった。

「よか天気じゃっどなあ」

西郷は田中の曳く人力車に座って高く青い空を見上げている。

「おう、鴨《かも》や雁《かり》の群れが渡ってきとる。そろそろ楽しみな時季じゃ」

西郷には優れた腕前の狩猟《しゅりょう》の趣味があった。

「鴨や雁にはちいとばかし悪いが少ーし、命を頂戴《ちょうだい》したい。鴨鍋や雁の吸い物は美味《うま》か」

空の渡り鳥を見る目が細められた。

――熊吉さんがこれを聞いたら、先生に狩猟三昧《ざんまい》を勧めて、人力車見廻りを止めさせられるとほっとするかもしれない――

田中は熊吉にこの時の西郷の言葉を告げようと思ったが止めた。

――熊吉さんは、趣味の狩猟も含めて、自分が一番、先生を知っていると思っている。下手に伝えてかえって機嫌を悪くされたらかなわない。それにしても、鴨鍋や吸い物にされさえしなければ、飛べる鳥は羨《うらや》ましい――

当初は緊張の余り気がつかなかったが、このところ、田中は慣れない車夫の仕事で身体の節々が痛かった。

――肥沼だって身体が悲鳴を上げているはずなのに――

肥沼は愚痴《ぐち》一つ言わず、一匹と一人で淡々と車夫を続けていた。

――あいつには負けられん――

我と我が身を叱咤《しった》激励し、築地《つきじ》居留地《きょりゅうち》の裏手の一角にさしかかった。

東京は早くに開港されていた横浜ほど大がかりではなかったが、開市場に指定されたため、御一新前に、築地鉄砲洲《てっぽうず》に外国人の住む居留地が設けられていた。

まさにその時であった。

突然、珍しく誰も乗せずに前を行く肥沼の人力車が止まった。ゴン助が動かなくなったからである。わんわんうーわん、ううわんとけたたましく吠え続ける。首の背面に付けられている引き縄を、必死に食い千切ろうとして、頭を左右に激しく回し続けている。

肥沼が首輪から引き綱を外した。

ゴン助が後方に居る田中の人力車に猛突進してきた。

ゴン助は座っている西郷の膝《ひざ》に駆け上ると、守るかのように全身で覆い被さった。

ひゅーんと矢の鳴る音が聞こえ、ぎゃんと一声ゴン助が痛ましく鳴いたのと、咄嗟《とっさ》に田中が上半身を屈《かが》め、人力車を傾けて矢が狙ってきている位置を変えたのとは、ほとんど同時だった。

田中は宙に放《ほう》り出された西郷を、両手で抱きかかえようと足を踏ん張って構えた。

「田中、おいは大事ない」

西郷は人力車が突然傾けられた時の衝撃を、両手でがっしりと、台座から続いている柄にしがみついて堪《こら》えていた。すでに菅笠は飛ばされている。

「そいよか、ゴン助がいかん、怪我《けが》しちょる」

西郷が怒鳴った。

西郷は身体をくの字に曲げながら、矢に背中を貫かれているゴン助をそのまま放さずにいた。ゴン助の血が西郷の首と胸に流れ落ちている。

「今、無理やり動かすとゴン助の体にますます矢が食い込んで、急所を刺しかねん。おいごとそっと持ち上げて、手当ばできる別ん場所に運んでくれんか」

西郷は訴えたが、

――先生とゴン助では、目方がありすぎて俺一人ではとても無理だ。肥沼は何をしているのだ？――

苛立《いらだ》った田中の耳に、

「大丈夫ですか？」

五間（約九メートル）ほどしか離れていないところから肥沼の案じる声は聞こえても、こちらへ走っては来ない。

「大丈夫ではないはずです」

凛《りん》と通る女の声がした。

──いったい、何をやってるんだ？──

　ついに田中は、

「肥沼ぁ、ゴン助がやられた、傷は深い」

　大声で叫んだ。

「あちらの怪我も緊急を要するようです。ここはわたしが何とかします。あなたはあちらへ行って、早く怪我人を助け出してきてください」

　女の声に指図された肥沼が走ってきた。

「ゴン助」

　肥沼もさすがに絶句すると、田中と二人掛かりで西郷とゴン助を、まずは傾いた座席からそろそろと持ち上げようとした。

「そっちは大丈夫か？」

　田中が念を押すと、

「ああ、何とかなる」

　肥沼も必死の形相であった。

「それじゃ行こう」

　田中は肥沼と頷き合った後、

「先生、こちらの合図で柄から手を放してくださいい、さっとですよ、さっと」

　西郷に告げた。

「よっしゃ」

威勢のいい相づちを打った西郷は、姿に似ぬ敏捷《びんしょう》さで合図通りに柄から両手を放し、ゴン助ともども屈強の若者二人に抱え上げられた。

ほどなく、西郷は近くの草地にゴン助を抱えたまま座った。ゴン助の矢に射られた傷口からはまだ血が滴っている。

「肥沼、ゴン助に言葉をかけてやってくいやんせ。おいを庇《かば》ってこんな目に遭《お》うたゴン助はおはんが大好きじゃっで、元気づくはずじゃ」

「はい」

肥沼は西郷の言葉に従ってゴン助の間近に座った。

きゅきゅきゅきゅとゴン助は弱々しく鼻を鳴らしつつ、頑張って尾を振り続け、肥沼が顔を近づけるとぺろぺろと舐《な》めた。

「よかよか。こげんとこば見せたら、おはん目当てで人力車に乗りよる娘たちは、さぞかし羨ましがって、大騒ぎすっじゃろ」

西郷は多少、元気を取り戻したゴン助の様子に目を瞬《しばた》いた。

五

「こちらへも来てくださーい」

女の大声がもう一方の人力車の方から響いた。

「田中、肥沼の代わりにあっちへ行ってみてくれ、助けが要るようだ」

西郷の耳にも先ほどからの女の声は聞こえてきていた。

「実は道ばたに若い女が腹を抱えて蹲《うずくま》り、通りかかった女が案じていたところでした」

肥沼が告げた。

田中は止められている二人用の人力車へと走った。

人力車の前方の地べたに座っている、赤茶色の髷《まげ》の女の後ろ姿が見えた。そばには若い女が横たわっている。蒼白《そうはく》な顔は苦しげに眉が寄せられていなければ瀕死《ひんし》に見えた。

「怪我人は？」

赤茶色の髷が振り返った。

目がぱっちりと大きく、鼻がずんと高く、頬骨《ほおぼね》が浮き出て見える。

——これはまるで——

日本橋の往来でたった一度見たことのある、馬車に乗っていた西洋人の中年女の顔によく似ていた。

その西洋人の中年女はもちろん洋装だったが、目の前の女は絣《かすり》の着物に羽織を重ねている。薬籠《やくろう》を横に置いていた。

——よかった、女医者だ——

「犬が人を庇って矢で射られました。深傷《ふかで》を負っています。どうか、手当をお願いします」

「わたしは産科を主とする医者の楠本《くすもと》イネです」

名乗った楠本イネは西郷に抱かれたゴン助を診て、

「深傷ながら幸い、急所は外れていますが、犬は辛抱強いので油断はできません。あちらに倒れている女《ひと》も、深傷のこの犬も至急の処置が必要です。わたしの治療院はこのすぐ先ですので、急ぎその人力車で運んで下さい」

てきぱきと指示した。

こうして、足袋が血で赤く染まっている若い女と、ゴン助を抱いた西郷は、二人乗りの人力車の座席に移され、先に立って歩くイネの後を田中と肥沼が曳いて従った。

楠本イネ治療院の看板が見えた。ありきたりの一軒屋である。玄関を入ったすぐが診療室で、

「人も犬も命の重さに代わりはありませんが、この女の方は一刻を争いますので、こちらを先に治療いたします」

イネは若い女を優先して診療台に横たえさせ、三人と一匹は待合室で順番を待つこととなった。

西郷は矢が突き刺さったままのゴン助を抱きかかえ続けていて、ぴくりとも動かず、

「わたしがゴン助を診ています、懐いてくれているので大丈夫です」

肥沼が見かね、

「お疲れでしょう、代わります」

田中まで交替を申し出ても、

「いんや、今、ゴン助を少しでも動かせば、中の矢まで動いて危なか」

彫像のごとく、固まってしまったかのように見えた。

「終わりました、どうぞ」

やっとイネが声を掛けてきてくれたので、西郷はゴン助を抱いて診療台に腰かけた。二人が付き添おうとすると、

「あいにく診療室が手狭なので」

ぴしゃりと板戸を閉められてしまった。

「今から矢を抜きますので、犬をしっかりと押さえていてください」

イネの言葉に、

「承知しました」

西郷は神妙に従い、矢が抜かれたゴン助の傷口は石灰水で消毒された後、止血薬が塗られ、小針と小糸が用いられて何針か縫われた。驚くほどの手際の良さであった。

「こうしておけば早く回復します。矢の傷は痛々しいですが、人力車に撥《は》ねられて頭を打ったのではなくて、本当によかった」

イネは初めて笑みを洩らした。

「ほう、頭を打つと治らんちね？」

「ええ、人も犬も頭を打って、中に傷ができると今の医術では治りません」

「ちょっと前までは蘭方《らんぽう》ちゅう、西洋の進んだ医の技でも無理じゃっどか？」

「ええ、残念ながら。この犬には使いませんでしたが、麻酔が使えるようになっただけでも、たいした進歩だと思います。先ほどの女の方の手術も、昔のように、痛みを堪えてもらわずとも済むようになりました」

「あん女《ひと》は手術ばするほど悪か？」

「ええ、まあ」

イネは口を濁し、西郷は治療を終えたゴン助を、板戸の外で待っていた肥沼に預けた後、

「おはん、名を楠本イネさぁちいうたな」

西洋人の顔立ちながら、流暢《りゅうちょう》に日本語を話す目の前の女医者に、親愛の籠《こ》もったまなざしを向けた。

「おはんは大村益次郎《おおむらますじろう》さぁの最期を看取ったちゅう、シーボルト先生の娘じゃろう？」

長州の村医から身を起こした大村益次郎は、優れた洋学者、兵学者であり、維新の十傑《じっけつ》の一人に数えられる。明治二（一八六九）年秋、京都で会食中に刺客に襲われ、右膝の傷が動脈から骨に達するほどの重傷を負った。

傷口から菌が入り敗血症となり、西洋人医師ボードウィンや楠本イネ等の治療、看護も空《むな》しく、左大腿部《だいたいぶ》切断手術が遅れて死亡した。

楠本イネは、長崎は出島で医療や教育を行っていたドイツ人医師シーボルトと、日本人妻との間に生まれた娘であった。一目で混血とわかる美しいが特異な容貌《ようぼう》と、幼い頃に祖

国へ帰った父への想いゆえに、医術の道を志すこととなり、村田蔵六《むらたぞうろく》と名乗っていた頃の大村益次郎に蘭学の手ほどきを受けた時期があった。

身体だけではなく、目鼻立ちまで並み外れて大きい西郷の容姿は広く伝聞《でんぶん》されている。

イネの大きな目がさらに見開かれた。

「もしや、あなたは西郷先生？」

西郷は微笑んで頷いた。

「あの時、手術のための勅許がもう少し早く下りていたらと無念です」

イネは唇を噛《か》んだ。

当時、大村は兵部大輔《ひょうぶたいふ》（兵部省の次官）を務めていたので切断手術には天皇陛下の許可が必要で、それを得るための東京との調整に手間取り、結果、切断はしたものの、命が助からなかったのである。

「惜しい男を亡くし申した。東京ば離れておった時んこととはいえ、あれはほんにすまんこつでした」

西郷は頭を下げた。

「まあ、先生のせいではありませんのに。どうか、頭をお上げください」

イネは慌てた。

――ここまで偉い方がここまで謙虚だったとは――

イネの胸中は静かな感動の波で浸された。

「いんや、新しい世の中になって起きている、我慢ならん悪い事や怒りや悲しみに繋がる理不尽、矛盾の一切は希望に満ちた世が来ると説き続けて、幕府を倒したおいたちの責任です。嘘《うそ》はいかん、いかんでな」

西郷は頭を下げたまま、診療室を出た。

すでに待合室には熊吉が駆け付けてきていて、

「ご無事で何よりでごわした。さあ、帰りまっしょお」

眉と目尻《めじり》が跳ね上がり、口がへの字に曲がった怖い顔で告げて西郷を急《せ》かした。

「犬に限らず、生き物は人よりずっと逞《たくま》しいものです。ぐったりしてしまって、餌《えさ》を食べなくなったりしない限り、日に一度、焼酎《しょうちゅう》で傷口を消毒するだけで充分です。通院にはおよびません」

帰り際、イネはゴン助の頭を一撫《ひとな》でした。

この後、屋敷へ帰り着いた熊吉は、一人と一匹を乗せた人力車を曳いてきた田中と肥沼を自分の部屋に集めた。

「西郷先生とゴン助の身に起きたことを、くわしゅう聞かせてくれ」

——今まで見た熊吉さんの顔で一番怖い——

田中はぎょっとしたが、隣りの肥沼は平然としている。

——こいつが羨ましい——

しかも肥沼は、

「お話しします」

淡々と、ゴン助と一緒に空の人力車を曳いていて、道中、後で女医とわかった楠本イネと腹を抱えて苦しむ若い女に遭ったこと、ゴン助が立ち止まって動かなくなったので、自分も止まり、ゴン助が吠えたので引き綱を外してやったところ、一目散に西郷の乗っていた田中の人力車へと走り出したまでを話した。

「その後はわたしが――」

どこからか矢が飛んできて、走ってきたゴン助が西郷を庇って射られたこと、この時、人力車が大きく揺れて、自分は咄嗟《とっさ》に身を屈め、西郷はゴン助を抱きかかえつつ、両手で柄を摑んでいて、地面に落ちずに済んだことを話した。

――これはいかん――

田中は青ざめ、熊吉はにたりと笑って、

「そりゃあ、吉之助さぁが落ちよって怪我でもしなすったら、身を屈めた田中の落ち度でごわしょう？」

容赦なく決めつけてきた。

「申しわけございませんでした」

田中はひたすら平身低頭して、

「狙って矢を放った奴をわたしに探させてください」

落とした評価を挽回《ばんかい》しようとしたが、

「まあ、よか。吉之助さぁのことじゃっから、命ば狙う相手は限りがなかでな。どこの誰が下手人かと探しよるよりも、きっちりお守りする方が賢かよ。今回の大手柄はゴン助じゃっどん、ゴン助の引き綱を外した肥沼の機転も、よかもんじゃとおいは思う」

珍しく熊吉は人を褒《ほ》めた。

何日か過ぎて、人力車での府中見廻りを禁止されている西郷は、熊吉を呼んで、

「どうにも気になることがあってな」

懇願の眼差《まなざ》しを向けた。

「また、府中見廻りでごわすか？　元気になってきてるとはいえ、ゴン助はまだ人力車が曳けんでごわすよ」

熊吉はこれ幸いと思っている。

西郷は苦しんでいた女を通りすがりの楠本イネが助けようとした時、ゴン助が自分を庇って矢に射られた話をした。

「田中たちにもくわしゅう聞いとりますが、偶然でごわしょう」

「そう思えんこともある」

西郷は明治二年の秋のことを話し始めた。

「おいはそん年の秋に鹿児島郡武村《かごしまぐんたけむら》に屋敷地を得て、九月末には正三位に叙《じょ》せられた。刺客に襲われた傷が元で死んだ大村益次郎さぁは、こん国を強くしたいちゅう一念で、兵役

の大改革を成し遂げようとしとったが、九月の初めに凶刃に見舞われた。おいの官位は九月初めには決まっとったろうし、大村さぁの暗殺は夏にはもう、企《たくら》みが練られとったはずじゃ。同じ時の流れの中で、おいの身に過ぎたことがあった一方、大村さぁには悲運が――。人の身の運、不運ちゅうのは、紙一重に重なって起きるもんじゃなかとかと思う」

「吉之助さぁを守ったゴン助が助かったから、そん女の容態が案じられるちゅうわけでわすか？」

熊吉の言葉に西郷は不安げな顔で頷いた。

――吉之助さぁがそげん言うと、そげん思えてくる、やはり、昨日受け取ったあれをこげんしとくのはいかんだろうな――

熊吉は西郷に見せるのを躊躇《ためら》っていた文を、胸元から取り出して渡した。

六

文は楠本イネからのものであった。二枚貝を模した小さな陶器が添えられていた。

文には以下のようにあった。

先日は偶然がなせる事とはいえ、大村先生の生き様を御存じの西郷先生にお目にかかれました。

西郷先生の温かなお気持ち、思い出すたびにうれしく、有り難く、感動の極みでございます。

こうして筆を取りましたのは、あの時手術を施した若い女の方、松村美保《まつむらみほ》さんと名乗った方のことなのです。

犬に比べて、人の生命力は劣ることもあって、わたしは美保さんに丸一日は安静にしていてほしいので、医院に泊まって行くように申しました。

ところが何も告げずにいなくなってしまったのです。

美保さんの手術は流産の後始末でした。

お腹《なか》の中で亡くなった胎児がそのままになっていたのです。

妊娠のごく初期では、胎児の芽と言っていい胎嚢《たいのう》が完全に排出されて手術は不要なこともありますが、道を歩いていて、立っていられないほど激しい腹痛に襲われた美保さんの場合は妊娠月が進んでいました。

美保さんは、元々月のものが二、三ヶ月遅れがちだったこともあり、今回もそれだと思い込もうとしていたようなのですが、もしやという不安もあったそうです。

幸い、産科が専門のわたしが通りかかり、多少の話も聞くことができたので、流産していた美保さんに、子宮内掻爬《そうは》の手術を施し、危険な大出血を起こさせずに救うことができました。

とはいえ、万が一、母胎にはすでに不要となっていたものが取り切れておらず、僅《わず》かでも残っていては大変です。すぐにまた、至急に掻爬しなければ大出血して命を落とすことさえあります。

そんな危惧《きぐ》もあって、わたしが施した最初の搔爬手術の際の出血が完全に止まり、もう大丈夫と太鼓判を押すことができるまで、予後を見守りたいと思っていました。

何も告げずにいなくなってしまった美保さんのことが気にかかり、胸騒ぎがいたします。

何かあったのではないかと気になってなりません。

何としても患者さんの無事を確かめたいのです。

けれども、わたしでは美保さんを探すのはとても無理です。

西郷先生ならお出来になるのではと思いました。まことに厚かましいお願いながら、美保さんをお探しいただいて、何とか、わたしの許《もと》へ連れてきてはいただけないものでしょうか？

どうしても、気になって――

どうかよろしくお取り計らいください。

楠本イネ

西郷先生

追伸

この文に小町紅《こまちべに》を添えます。これは美保さんの忘れ物です。何かの手掛かりになるかもしれません。

西郷からこの文を見せられた熊吉は、

――女医者とはいえ、同性の身体について、微に入り細に入り、こうも露骨に書いた文を届けてきよるとは――

緻密《ちみつ》に記されている治療の内容にしばし唖然《あぜん》とした。

――書いていて恥ずかしくはなかかかな？――

一方、西郷は、

「イネさぁはさすがに産科の医者じゃ、よくよくわかって案じとる。それに何より、おいも美保いう女子のこと、案じてたから、こいはもう以心伝心じゃ」

弾んだ声を出して、

「熊吉、今からおいは老松屋《おいまつや》へ行くっで、田中にも老松屋へ来るよう伝えてくれ」

熊吉に頼んだ。

田中はこのところ丸一日、長屋でごろ寝をして過ごしてばかりいた。人力車夫はきつい労働ではあったが、いざ何もすることがなくなってしまうと退屈の極みだった。早朝、井戸端で阿佐と挨拶《あいさつ》を交わすだけが楽しみというのは、一時のことでもあり、かえって空しすぎると感じた。

それに肥沼が阿佐目当てで、やはり、早朝、西郷邸から走って来るのも、何とも鬱陶《うっとう》しいのであった。

肥沼が訪れると阿佐は必ず、飯と葱《ねぎ》か豆腐の味噌汁《みそしる》、焼き目刺しか納豆の差し入れをしてくれた。もちろん田中の分もあったが、肥沼が来ない日にこの手の差し入れはないのである。

――幸恵《ゆきえ》の時とは違うのでは？　そもそも阿佐は気性が似ているだけで、幸恵とは別の女なのだし、もしや、相思相愛？――

阿佐も肥沼に惹《ひ》かれているのではという想いが時折、田中の裡《うち》で頭をもたげた。

それで訪れるたびに、

「ゴン助が待ってるぞ、おまえがいないときっとさんざん鳴いて皆を困らせてるはずだ」

帰宅を促す言葉を口にするのだが、

「ゴン助なら毎朝、西郷先生と軽い散歩の後、今頃は先生の部屋に居る。先生とあそこは特別なのか、散歩の最中とあそこにいる間だけは、ゴン助も鳴いて俺を呼んだりしない」

肥沼の受け答えは決まっていた。

代わりに傷を負ってくれたゴン助のために、西郷は専用の居場所を自分の部屋に拵《こしら》えた。熊吉に布団を解《ほど》かせ、ふわふわした大きな座布団を作らせて部屋の隅に置いたところ、四本の足を雑巾で拭《ふ》いた後、畳に上がるのを許されたゴン助は満足そうに蹲った。もちろんわんとも吠えず、きゅんとも鼻を鳴らさない。

「先生の部屋にいる時のゴン助は常とは違って、気高くさえ見える」

そうも肥沼は洩らし、田中は、

——ゴン助にとって、西郷先生は尊敬すべき主、旦那様《だんなさま》で、肥沼は愛人候補程度なのだろうな——

密《ひそ》かに溜飲《りゅういん》を下げた。

とにかく、同情して職を世話したとはいえ、時にしまったと思うこともあり、滅多に褒めない熊吉が肥沼を褒めたあの一件も田中には衝撃であった。

熊吉に落ち度を指摘されて以来、田中には肥沼への競争意識が常にある。

——とにかく、肥沼は犬も含めてたいていの女に好かれる。無口で鈍くさいところは人を安心させる。そこが俺が一番、こいつが二番にずっと甘んじてきた理由でもあり、俺と決定的に異なる点は、競争心がまるで無いことだ。だから、そもそも、こいつに競争心など抱いても仕様がないのだが——

そう思ってはみても、目立ったり、少しでも特技のある誰に対しても、競争心を抱きやすいのが田中という男の性質《たち》なのである。

勤勉の塊のような田中は長屋でのごろ寝にすぐに飽きてしまい、何とか、あの件での失点を取り戻そうと焦っていた。

それゆえ、老松屋へ急げという熊吉からの伝言を受け取ると、飛び立つ思いで支度をして走り出した。

老松屋の奥座敷でイネの文を読んだ田中は、

──女医者が微塵《みじん》の恥じらいも躊躇《ためら》いもなく、淡々とこのように書いて、西郷先生に届けてきた。これも御一新ならではだな、医の知識や術に、男女の分け隔てはなさそうだ──

正直、女医者までもが競争相手になりかねない、医術だけは志すまいと思った。

西郷の方は、

「ここまで患者を案じる心は尊か、頭が下がる。じゃっから、何としてでも松村美保さぁを探しっくれ、よろしく頼んもす」

真剣な面持ちで告げた。

田中は幾分気落ちした。

──ただの患者探しか──

──それより、先生を射殺そうとした奴を突き止める方が先決なのではないか？──

やはり、自分の手であの時の下手人を見つけて、大きく認められたいと田中は思った。

──とはいっても、まずは楠本イネに同調している先生の望みを果たさなければならない──

長屋に戻った田中は渋々と手控帖《てびかえちょう》を出した。牛鍋屋に放《ほう》り込まれた、人の物と思われた五臓六腑《ごぞうろっぷ》についての走り書きをちらと見て、

──あれも最初は雲を摑《つか》むような話だったが、運よく、何とか俺一人で調べ上げて真相に行き着いた。まだまだ俺はやれる、できる、絶対、矢を射かけた奴を捕まえてやる。こ

れはその前の一仕事だ――

自分で自分を励まして、田中は以下のように書いた。

楠本イネの患者探し

・年齢は推定十八、九歳
・細面で痩《や》せ型、寂《さび》しげな美人
・髪型は丸髷、従って妻女
・垢《あか》じみてはいないが古着のような着物、婚家での暮らしは豊かではない？
・イネには松村美保と名乗ったが、入院を課されたにもかかわらず、その後、ふっつりと姿を見せていない。松村美保は本名ではないかもしれない

これではまるで手掛かりにならないことに気がついた田中は、大きめの紙に松村美保と名乗った女の様子を描いてみることにした。

――とかく美人は人の目を惹《ひ》くものだ――

持ち前の負けず嫌いの賜物でそこそこには上手《うま》く描くことができた。

七

けれども、似顔絵を描き上げた田中は、

──たしかに並みより綺麗《きれい》な女だったけれど、こういう感じの女はわりに少なくない。選ばれて錦絵《にしきえ》に描かれる小町娘は、顔立ちがいいのは当たり前で、ぱーっと明るく、人を惹きつける華があるが、暗かったあの女にはまるで無かった──

この絵を頼りに探せるだろうかと首をかしげた。

その時、

「邪魔をする」

聞き慣れた声がして油障子が開けられた。

「これを届けに来た」

肥沼であった。

懐から小さな紙の包みを出して田中に渡した。

「うっかり、先生が渡すのを忘れたそうだ。美保というあの時の女の忘れ物──」

「いいのか？　こんな夕刻に──」

毎夕刻、肥沼はゴン助の餌やりの後、一緒に散歩に出るはずであった。

「ゴン助は俺の代わりに、預かって世話をしてくれることになった先生の部屋だ。これから先生と共に夕餉《ゆうげ》でその後は散歩だろう。傷を負ったゴン助は先生にまでちやほやされるのが満更《まんざら》でもないようだし、そもそも真の主は先生なのだしな」

「おまえに懐くのはゴン助の浮気心ゆえか？　からかい半分で追い回す女たちと同じだな」

田中はかなり、悪意を込めたつもりだったが、

「ん、俺は本気で惚《ほ》れた女から好かれたことがない」

頷いた肥沼は真顔でため息をついた。

田中は包みを開いた。中身はイネが美保の忘れ物として文に添えた、伊勢屋《いせや》の小町紅であった。

紅花から作られ、赤色だけではなく玉虫色にも変わるその奥深い色あいは、高価であり、江戸の頃から女たちの垂涎《すいぜん》の的であった。

「あの女にこの紅は派手すぎるように思う」

肥沼は田中の描いた絵をちらと見た。

「あの時は紅など付けていなかったな」

田中は繰り返し、はかなげな様子だった地味な美人の顔を思い出していた。

「それでも、忘れていったからには付ける時もあるのだろう」

肥沼は蜜柑箱《みかんばこ》で代用している田中の机の上をじっと見た。イネからの文が置かれている。

――この件はこいつと関《かか》わりなどないはずだ。そもそも、こいつはまだ、どうしてここにいるんだ？――

鬱陶《うっとう》しくなった田中はついに、

「ご苦労さん、もう、帰っていいぞ」

肥沼を追い返そうとした。

すると、

「さっき言った通り、ゴン助の世話は当分先生がなさる。その代わり、俺はおまえと力を合わせて、イネ先生の患者の松村美保さんを一刻も早く探すようにと先生に頼まれた。まずは先生がおまえに渡した文を読むようにと、これは熊吉さんから言われている」

肥沼は蜜柑箱の上から文を取り上げて読み始めた。

――こいつと一緒に探すのか――

田中は出鼻を挫《くじ》かれたような気がした。

文を読み終えた肥沼は、

「命に関わるかもしれぬのだから、たしかにこれは急を要する事だな。イネという医者の気持ちも、先生のお計らいもよくわかる」

大きく頷いて、田中が描いた美保の絵を眺めつつ先を続けた。

「探せと言われている美保という女の忘れ物だと知って、実は通油町《とおりあぶらちょう》の伊勢屋に立ち寄ってきた。松村美保という名だけではむずかしいが、顔の特徴がわかれば思い出せるかもしれないと手代の一人が言っていた。明日の朝、店の開く頃にこの絵を持参して、もう一度伊勢屋を訪ねてみようと思う」

――すでに先生からの仕事を始めていたとは、こいつには似つかわしくないたいした抜け駆けだ――

何やらむしゃくしゃしてきた田中は、

「こんなことより大事なことがある」

つい口走った。

「わかってる」

微笑んだ肥沼はやはりまた、頷いて、

「おまえが先生を射殺そうとした相手を探そうとするのには俺も賛成だ。この先も矢はどこから飛んでくるかわからず、熊吉さんの言うように放《ほう》っておくのは危険すぎると思う。二人で手分けすれば両方探せるのではないか――」

「そうだな」

田中はつい相づちを打ってしまった。

――こいつと一緒に探すよりはましかもしれない――

「それではどう手分けしようか？　先生に患者探しを直々に頼まれたのはおまえだろうから――」

――たしかに患者探しをないがしろにするのはまずい――

「わかった、患者探しは俺がやる。矢による襲撃犯の手掛かりはおまえに任せよう」

田中はやけくそ気味に言い放ちつつ、

――手掛かりなんて見つかるもんか、熊吉さんが言ってたように、星の数でも数えるようなものなのだから――

ほっと安堵《あんど》のため息をついていた。

この夜は二人して阿佐の勧める牛鍋屋はま屋に繰り出した。思えば、〝また、いらしてくださいね〟と勧められていたにもかかわらず、訪れるのは二回目であった。

「あらあ、お二人、お揃《そろ》いで」

嬉々《きき》として阿佐は迎えてくれた。

早速、七輪に鉄鍋が掛けられ、はま屋自慢の牛肉が阿佐の手によってほどよく焼かれ、タレと共に心地よく喉元《のどもと》を通り過ぎる。まさに至福の時であった。

ただし、二人とも無言である。阿佐も二人の無言に呑まれたかのように口を利かなかった。ひたすら牛肉を食べて、田中は酒を、肥沼は茶を啜《すす》った。

――おやっ？――

立ち上がった肥沼は、

「ちょっと用足し」

と言うなり、何も聞かずにすたすたと廊下を歩いて行った。

――この店の厠《かわや》は分かりにくいところにあるのだが――。やはり肥沼はここへ何度も来たことがあるのだ――

田中はそれを確かめる代わりに、

「牛鍋には酒が合いますね」

どうでもいい話を阿佐に振った。

「そうなんでしょうね。でも、肥沼様ときたら――」

阿佐はふふっと悪戯《いたずら》っぽく笑って、

「仕えている方が薩摩の偉い方なので、どうしても、牛鍋に焼酎を合わせたいって言い出されてきかなくて──。無ければお断りできるのですけれど、はま屋の旦那様は薩摩の出の上、常連のお客様方も薩摩のお役人方が多いせいで、薩摩焼酎は欠かしていないので──」

「肥沼が喉がひりつくほど強い焼酎を飲んだんですか？」

「そうなの、こんな自分を拾ってくれた恩を返したい、返したいって繰り返して──、でもさんざんで──」

「あいつは生まれついての下戸ですから」

「それもこの間わかりました」

阿佐は肥沼が戻ってきたので慌てて目を伏せた。

すると、肥沼は何を察したのか、突然、

「焼酎を。薩摩焼酎を薄めずに湯呑みでください」

阿佐に向かって頼んだ。

──どうしましょう？──

阿佐の目が問い掛けてきて、

──断れないでしょう──

田中は苦い顔の目で頷いた。

この後、肥沼はさらに牛肉の代わりを湯呑みの焼酎と交互に続け、まだ宵のうちだというのに酔い潰《つぶ》れてしまった。

このままでは帰れない。

「狭苦しいところですが我慢してください」

店主の厚意で二人は座布団部屋に泊めてもらえることになった。

ところが、一晩中、肥沼はげえげえと盥《たらい》に吐き続け、阿佐が父親が待つ長屋に帰ってからは、介抱は田中の役目になった。

まんじりとも出来なかった田中は、周囲が白んでくると、

――こんなことをしていて何になる？――

猛然と肥沼への怒りが込み上げてきて、〝ご迷惑をおかけしました、すみません〟と主への詫《わ》びの一文を残すと、やっと眠りに就いた肥沼を置いて、まずは堀留町《ほりどめちょう》の長屋へ帰った。

空腹に気がついて、湯を沸かし、昨日の朝炊いた冷や飯に塩と共にかけてざぶざぶと掻き込んだ。

――思えば肥沼がいつ酔い潰れて、醜態《しゅうたい》を晒《さら》すのかと気になって、酒も牛肉もろくに進まなかった――

またしても、肥沼への怒りに囚《とら》われようとした時、

――あいつ、泣いてたな――

吐きくたびれて眠りに就いた肥沼の閉じた両目から、ずっと流れ落ちていた涙が思い出された。

その涙に、

「ん、俺は本気で惚れた女から好かれたことがない」

頷いた肥沼の真顔とため息が重なった。

――それにあいつは俺のように計算高くない。何とか薩摩焼酎を飲みこなそうとしているのも、先生への無条件の敬意ゆえなのだろうから――

そう思うと、田中はそれなりにそつなく役目をこなしている自分が、熊吉に落ち度を指摘されることはあっても褒められないのは当然のような気がしてきた。

掌中《しょうちゅう》の珠《たま》でも扱うように傷を負ったゴン助を抱え続けた西郷の額の汗も頭をよぎった。

――犬一匹のために先生はあそこまで――

田中の目頭が熱くなった。

――俺は確かに狡《ずる》い。だが、狡くない奴だけでは、あそこまで無垢《むく》な先生を守ることなどできはしないのだ――

この時、田中は自分は自分なりに、大西郷のために尽くしたいと思い詰めていることに、初めて気づかされていた。

八

田中は走って通油町の伊勢屋に向かった。伊勢屋は屋根に古びた看板を頂く老舗《しにせ》ではあるが、紅だけを商ってきたこともあり、間口そのものはそう広くない。

――働き手は主一家に番頭、手代、小僧といったところだな――

こぢんまりとしたその店は、まだ店を開けておらず、小僧が一人、黙々と箒《ほうき》で店頭の落ち葉を掃《は》いていた。

「急な用事だ」

田中はわざと居丈高に主か、番頭に会いたい、とこの小僧に告げた。

「はい、只今《ただいま》」

取締組の者だと誤解した相手が、箒を手にしたまま飛ぶように勝手口へ走り込むと、ほどなく、

「どなた様でございましょう？」

四十歳半ばの白髪混じりの散切り頭が、古めかしい店構えとは不似合いな背広姿で現れた。

「府中特命見廻りの者だ」

早口で告げて、思わず相手の様子に目を据えた田中に、

「主の五代目伊勢屋　庄右衛門《しょうえもん》でございます。なにぶんうちは流行に聡《さと》い、ご婦人方相手の商いですので、時流は文明開化かと――」

主はおどおどとへつらった笑いを浮かべた。

そこで田中は自分で描いた美保の絵と二枚貝を模した小町紅を出して、

「この絵に似た客に覚えはないか？」

主に訊いた。

「お綺麗な方でございますね」

主は吸い寄せられるかのように美保の絵を見た。

「てまえはこの手の大人しく、今にも消え入ってしまいそうな女が好きです。いくら御一新だからと言って、元気すぎるおちゃっぴいはご免です」

よく見ると下がり目で鼻の下が長い主は女好きのようである。けれども、店に不在のこともあり、覚えているとは限らない。

「覚えているのか、どうなのか？」

田中が苛立って詰問調になると、

「嫌ですねえ、せっかく女の話をしてるのにそう、あくせくしないでくださいよ。伊勢屋の代々の家訓に、〝女はよく見て楽しめ〟というのがあるんです。これは女の方はお客様なので顔を忘れないようにという意味でもあり、女道楽はご法度だが、よくよくいい女たちを見て寝姿など想い描き、春画集めに励む等、楽しむ分にはかまわないということです。うちの蔵には御先祖様たちが集めに集めた春画が唸《うな》ってますよ。ええ、覚えていますとも。流行の牛鍋や牛乳の元になる、雌牛《めうし》みたいな姿の女房とは月とすっぽん、何しろ、てまえの好みなんですから。八百良《やおりよう》と並ぶ高級な料理屋で仲居をしていることまでは、何とか訊き出しましたが、口の固い女でそれ以上は無理でした」

どうやら代々色好みらしい伊勢屋の主は、残念でならない様子でふうとため息をついた。

「わかった、礼を言う」

まだ女の話をあれこれ続けたそうな主の許を田中は立ち去った。

田中は思いつく店を軒並み訪ねて廻った。

一口に八百良と並ぶ格の料理屋と言っても、大身の旗本等、徳川方に贔屓客《ひいききゃく》の多かった店は御一新後、暖簾《のれん》を下ろす憂き目に遭っていた。

そんな事情もあって、田中は苦戦続きだったが、まだ夕暮れ時にはいくらか間がある頃、幸運にも木挽町《こびきちょう》にある中里《なかざと》に行き着いた。

御一新後、自分が親の代から続くこの店を何とか続けてきていて、一念発起した亭主が始めた牛鍋屋の方は、そこそこ流行っていて助かると話した大年増の女将《おかみ》は、

「あら、これ、うちの美保さんだわ。間違いない――」

美保の絵を見て言い当てた。

この女将は田中が次の言葉を発する前に、

「今、髪を結い直したばかりなんですよ、だから、これから急いで、化粧をして身形《みなり》を調えなくてはならないんです。悪いけど、美保さんのことはおすずちゃんに訊いてもらえませんか？　おすずちゃんは今日はお休み。だから、このちょっと先の次郎《じろう》長屋にいるはずですから。すみませんねえ、ごめんなさい」

後ろ姿を見せてそそくさと奥へ入ってしまった。

——おすずという女を訪ねれば、美保さんの素性がわかるかもしれない——

田中は次郎長屋へと急いだ。

——これがおすずちゃんか——

もっと若い、せいぜい美保ほどの女を予想していたが、おすずは料理屋中里を一人で切り盛りしているという大年増の女将とほぼ同じくらいの年齢であった。

ややふくよかだった女将とは対照的な痩せぎすで、化粧焼けした素顔に髪は乱れ放題、着崩れた形をしている。まだ、陽《ひ》も傾いていないというのに燗酒《かんざけ》を点《つ》けて飲んでいた。

——荒《すさ》んだ女は手強《てごわ》い——

「つきあってくれたら、話してもいいわよ」

低い声に凄《すご》みがあった。

「わかりました」

観念した田中は差し出された盃《さかずき》を手にした。

——この女が口を付けていた盃だが——

田中は気になったが、酒が満たされると一気に呷《あお》るしかなかった。

「いい飲みっぷりだねえ、気に入ったよ」

二杯、三杯とおすずは注《つ》ぎ、田中は口へ運び続けた。

——悪酔いしそうだ——

「ところで、あんた、美保ちゃんの何なの？」

おすずのとろんとした目が突然きらっと光った。安堵の色にも見えた。

「もしかして、あんた、美保ちゃんをあんな目に遭わせた張本人の使い？」

――よかった、美保さんはこの女にはいろいろくわしい事情を話していたようだ――

「違います」

ぴしゃりと否定した田中がイネの文を出して読み上げ始めると、

「貸しなさいよ」

おすずは取り上げて続きを目で追った。

――これだけの文が読めるのだな、それにしては――

あまりに身辺にかまわないおすずの様子と、掃除をしたのはいつのことだったのかと嘆きたくなるほど、桟等《さん》に埃《ほこり》が積もって片付けられていない家の中を田中は見回した。

――それでも、店で働いている時はそれなりに取り繕《つくろ》っているのだろうが――

「なるほどね」

おすずは読み終えた文を田中に返してきて、

「あんた、まさか、あたしがお客さんの前に出てるとでも思ってるの？」

乾いた声でからからと笑った。

「そうじゃないんですか？」

「あるわけないでしょ。元はあたしも中里で仲居をしてたけどね。今は昔から知ってた女将さんのお情けで皿洗いで雇われてるだけ。それも、他の奉公人の手前、身形はきちんとする、働いてる時は酒を飲まないっていう決まり付きよ」

「美保さんの方は仲居ですよね」

「一番人気の仲居よ。ああいう感じを好む男が多いから。あたしだって、若い頃は様子が美保ちゃんみたいで、結構指名が多かったもんよ。でもねえ、そもそも仲居っていうのは崖《がけ》っぷちぎりぎりの稼業なのよね。美保ちゃんもあたしも背負ってるものまでそっくり同じで、それでいろんな話を打ち明けられるようになったのよ」

「背負ってるものとは？」

「こう見えても、あたし、武士の娘だったの。まあ、お徒士《かち》なんだけど、武家は武家。美保ちゃんの実家《さと》もあたしと同じ徒士衆だってわかって、まずは意気投合したわけ」

徒士衆とは江戸幕府の許では士分とされ、足軽と身分の差はあったが、軽輩であり、御一新後は卒と呼ばれて士族の下であった。

「美保さん、身籠《みご》もっていたのですから、縁づいてはいたのでしょう？」

「身籠もった話は後にして、美保ちゃん、これもあたしと同じだけど、小十人組番士の家に嫁いでたのよね」

小十人組番士は旗本の身分ではあったが、馬上資格はなく、禄は薄く、実を伴わない誇りだけの職位であった。

——美保さん、すず、俺にあの肥沼も含めて何と四人が武家の出身なのだな——

「家計の切り盛りが大変なはずです」

田中は常に始末、始末と呟いて、爪《つめ》に火を点《とも》すような暮らしを紡いでいた母の窶《やつ》れた顔を思い出していた。

「特に徳川様の終わりの頃から御一新にかけてはね。女たちは家で息を潜めてるだけで、御時世とはあまり関わりないけど、とかく、熱くなっちゃう男たちは、変わろうとする時代の波に掠われて動かずにはいられないから。美保ちゃんの御亭主もね、軽輩ながら徳川《とくがわ》様の臣下として、彰義隊《しょうぎたい》に加わって負け戦の上野《うえの》戦争を戦って負傷、長らくその行方がわからないまま。美保ちゃんは死んだものだと諦《あきら》めてたんだけど、こんな時、厄介なのはお姑《しゅうとめ》さん――」

「武士の母なら、息子は恩ある徳川様のために、薩長軍と徹底抗戦、会津《あいづ》に転戦して敗れた後は、榎本武揚《えのもとたけあき》様に付き従って、蝦夷《えぞ》へと渡り、箱館《はこだて》戦争をも戦ったがまたしても敗北、今は臥薪嘗胆《がしんしょうたん》、起死回生の機会を窺《うかが》っていると言い張るでしょうね。榎本武揚様は獄中だというのに、徳川の世、武士の世が戻って来ることを信じてる。誰が聞いても世迷《よま》い言《ごと》にすぎないけど――」

――俺の母上が生きていたら、絶対そう信じて一歩も譲らないだろう――

「あんた、もしかして生まれはあたしたちと――」

「薄い粥《かゆ》に顔が映りかねないほどの暮らしなのに、家長の式服や庭木の手入れ等、見栄《みえ》だけでうわべは取り繕う貧乏御家人です」

田中が応えて目を伏せた。

九

おすずは話を続けた。

「長く亭主が生きてるか、死んでるかわかんないんじゃ、貯《たくわ》えも尽きて暮らしに困るようになったのよね、美保ちゃんとお姑さん。そのうちに小十人組番士の小さな家も出なきゃなんないことになっての長屋住まい。その日の食べるものにも事欠くようになった。このままじゃ、飢え死しちゃうんで、美保ちゃんは炭屋さんに嫁いだ姉さんを頼ってみたんだそうよ。姉さんがそこそこ豊かな炭屋に嫁げたのは、隠居した実家のお父さんの縁。朝顔名人だった美保ちゃんのお父さんは、趣味の仲間だった炭屋さんと知り合い、お姉さんを炭屋の跡継ぎに嫁がせることができたんですって。いいお姉さんで里帰りするといつも、〝父上の趣味のおかげでわたし、幸せよ〟って笑顔を見せてたそう」

「頼れるお姉さんはいたのですね」

――炭屋は大商いではないが堅実な商いだ――

「ところが、美保ちゃんが頼っていくと、炭屋の裏口に出てきたお姉さんは、髪を振り乱してて疲れ切った顔だった。〝これからは世の中がどう変わるかわからない〟っていうのがお姉さんの姑の口癖で、それもあって、お姑さんは嫁取りは互いに持ちつ持たれつの炭屋の同業者と決めてたんですって。だもんだから、お姉さんは気兼ねで気兼ねで朝から晩まで働き詰め。三月ほど前、お姉さんを嫁にと言ってくれた舅《しゅうと》が中風で倒れると、嫁取りで舅と不仲になってた姑は、〝うちの人の世話はあんたの役目でしょ〟ってお姉さんにも、お舅さんにもけんもほろろ。美保ちゃん、お金を用立ててもらうどころか、もう訪ねてきてほしくないってお姉さんに泣いて頼まれ、何とか働き口だけは紹介して貰《もら》ったんだって」

「それが料理屋中里だった――」

「お姉さんのところが極上の炭を納めてたところが中里。出入りが激しい仲居の働き手は常に求められてたから、美保ちゃんは難なく働けるようになったのよ」

「これで何とか、日々の糧だけは得られたわけですね」

――人は食わずには生きてはいけないものだが、武家の妻女の料理屋勤めか――

田中は複雑な気持ちになった。

――俺の母上ならもの凄い剣幕で、卑しい料理屋勤めなどするくらいなら、これぞ我が身の恥、自害して果てると言っただろうな――

「美保ちゃんはあの通りだから、真面目《まじめ》に働いてお客さんの受けもよかった。いい女《ひと》が来てくれたって、女将さんも喜んでたわ。とはいっても、仲居の給金なんてたかが知れてる。美保ちゃん、少しでも出費を減らすために、まあ、そこそこ鷹揚《おうよう》な女将さんの許しを得て、お客さんの食べ残しを折り詰めにして持って帰ってたのよ」

――たしか、阿佐さんも牛鍋屋で客たちの鍋の底に残るタレを持ち帰っていたな――

思わず田中は、浮かんだ阿佐の顔に美保の絵が重なって見えた。

「料理屋勤めのいいところは賄《まかな》いつきってこと。だから、もちろん、持ち帰る折り詰めはお姑さんの分よ。最初は、そのお姑さん、〝町人の残りものなど無礼千万〟って言って、土間に投げ捨てたんですって。でも、二回目には、〝息子と一緒に徳川様の世を拝むめ〟と言い訳しつつ、顔を顰《しか》めて食べてたそうだけど、そのうち舌が肥えて、〝これは美味しい、こちらは料理人の腕が疑われる〟なんて言いたい放題。もちろん、美保ちゃんへの感謝なんて微塵《みじん》もなかったのよね」

――それは結構、堪《こた》えただろう。阿佐さんの方は実の父親なのだから、牛鍋屋のタレで拵えた料理を喜んで食べていることだろう――

ほっとする一方、まだ会ったことのない、手習いの師匠をしているという阿佐の父親ではなく、牛鍋屋のタレが塗られてこんがりと焼けた握り飯を頰張《ほおば》る肥沼の顔が見えてきて、

――あの野郎――

田中は知らずと拳《こぶし》を握りしめていた。

「若いうちは誰でも、食い気と同じくらい色気がある。食が足りてても、張り合いのない暮らしはできないものなのね」

おすずの口ぶりに、

「美保さんに相手ができたのですね」

田中はこの先が肝腎《かんじん》だと思った。

——夫が長く帰らないのに妊娠したのだとすれば、これは他の男の子ということになるが——

「さっき、仲居は崖っぷち稼業だって言ったわよね。美保ちゃんの身にもそれが起きたのね。どうせ、本当の名じゃないだろうけど、その男は疋田宇兵衛《ひきたうへえ》と名乗ってた。あんまり皆が騒ぐんで、あたしも疋田さんが店に来た時、柱の陰に隠れてて一目拝んだのね。いい男でね、その上、お大尽らしく身形もよかった。疋様って皆で呼んでたっけ。横浜に本店や御殿があるだけじゃなく、近頃は赤坂《あかさか》には別邸、青山《あおやま》にも支店があるって自慢してたそうよ。武器弾薬は今、この国で一番必要なもので、自分はそれらを売る兵部省《ひょうぶしょう》の御用商人だって言ってた」

おすずはそこで一度言葉を切り、

「力のつく牛鍋もそりゃあ、お好きでね、店で出す牛を育ててるっていう、府中で一番人気のあるはま屋に通ってた。女将さんが〝うちの亭主のやってる美冨亭《びふてい》も贔屓《ひいき》にしてくださいよ〟なんて、流し目で頼むと、〝そりゃ、駄目だ、俺の舌は黄金で出来てる。こいつを贔屓にしたけりゃ、はま屋みたいな牛の肉を使えと亭主に言っとけ〟ですって。とにかく、羽振りがいいだけじゃなしに強引で剛気で、元は武家だったのではないかしら。喧嘩《けんか》も強くて、一度取締組のお客さんと喧嘩になっちゃった時、店の外で何人もを敵に回してなかなかの大立ち回りをしてましたよ。女なら言い寄られればついつい、惚れてしまう相手だったわ」

「取締組と喧嘩などしたら、捕縛《ほばく》されて投獄は免れられないはずだが――」

「聞かなかったわね、そんな話。疋様はそれからもずっと中里に来てたから。ああ、熱い、熱い、いい男の話になると、どうにも熱くてやりきれないわ」

おすずは破れかけている団扇《うちわ》を手に取ってばたばたと扇いだ。

「一度きり見ただけでは顔はそうはっきりと覚えていない？」

「いいえ、覚えてるわよ、あれほどの男、覚えていないはずがないわよ」

おすずは言い切り、

「顔は役者のようにすっと長く、眉はやや太目、鼻は長からず短からずで、唇はやや厚め。あたし、薄い唇の男は薄情そうで嫌いなのよ――」

田中は土間に落ちていた引き札の裏面を使って、疋田宇兵衛の顔を描いた。

その間もやや興奮気味におすずは話を続けた。

「それでも欠点はあって、皆があまり好きじゃない、薩長土肥のうちの長州訛《ちょうしゅうなま》りがあったって聞いた。疋様は美保ちゃんに入れあげてて、三日にあげずに来てた。初めて心付けを渡された時、美保ちゃん、真っ赤になっちゃって、あたしに相談してきた。受け取った自分が惨《みじ》めなようなうれしいような、武家の出だっていう御先祖様から受け継いだ誇りと、女としてここまでの相手に認められたってことの間で悩んでた。あたしもそうだったから、よくわかる。それであたしは〝好きにしたらいいのよ〟って応えた。だって、たとえ、崖っぷちから落ちないで頑張ってたって、お姑さんともども、帰らない旦那さんを待って、その場で石の像みたく年齢を取るだけだもの。たとえ一つ、二つでも、女として輝いた時やことがあった方がましでしょうが——。どうせ、今のあたしみたいになってしまうんだとしてもね」

おすずは懐古《かいこ》的な目の色になり、潮時だと感じた田中は疋田宇兵衛の似顔絵を手にし、礼を言って油障子の外へと出た。

堀留町の長屋へ戻ると、はま屋に勤めに出る前の阿佐に会った。

「四ツ（午前十時頃）前に肥沼様が、あなたを訪ねてこられました。昨夜のお詫びとお礼を言いに来たとおっしゃっていましたが、顔色が優れないので、二日酔いに効く、鰹出汁《かつおだし》と梅干しをほんのちょっぴりずつ差し上げると、少しは気分が良くなられたようで、調べ事があるとおっしゃって帰られました」

——またしても阿佐さんの手による鰹出汁と梅干しか——

田中は面白くない気分に陥ったが何とか堪えて、

「ところで、この男に見覚えはありませんか？」

引き札の裏に描いた疋田宇兵衛の顔を阿佐に見せた。

「あら、疋様だわ」

ただでさえ明るい阿佐の顔がさらに明るく輝いた。

疋田宇兵衛について、阿佐はおすずとほぼ同じ知識を披露《ひろう》した。はま屋では、匕首《あいくち》を抜いた酔客相手に疋田は果敢に戦い、店や他の客たちを守り抜いていた。

——それでも、騒ぎになったのだから取締組と無縁ではいられないはずだが——

これだけはどうしても、不可解でならない田中に、

「疋様、〝取締組なんかが来て大袈裟《おおげさ》になったら、ここの商売の邪魔になるだろうし、匕首を抜いた男も酒癖が悪かっただけなのだろう。牢《ろう》に入れるのまでは気の毒だ、ことの次第は自分が上に伝えておくから安心するように〟って旦那様におっしゃったんですって。たしかに、取締組は来ず、疋様はその話に一度も触れずに、その後もずっと贔屓にしてくださっているのです」

阿佐はやや熱を含んだ目で告げた。

——ふむ、疋田宇兵衛は偽っていない名で、兵部省の御用商人とあれば長州出か——。そやつなら自分に惚れている、暮らしに窮《きゅう》していて先に希望のない女を誑《たぶら》かして、人力車を曳いていた肥沼の注意を惹き、尾行《つけ》ていた何者かに矢を射させることはできるな——

田中の裡で腹痛で倒れた美保と、西郷めがけて射かけられた矢について、もやっていた思いがやっと形になった。

——あのような偶然はありうるが、長州者が関わっているとするとあれは偶然などではなかった？——

今でこそ、薩長と並び称されている維新の立て役者二藩も、幕末期に坂本龍馬《さかもとりょうま》が仲介し薩長同盟を結ぶまでには、いがみ合いと数々の流血事件があった。

——だから、今でも長州者の中には薩摩者、特に西郷先生のような御一新の立て役者を

快く思わない者はいるはずだ。たしか、夕暮れ時、配られていた、かわら版ではない刷り物を手拭《てぬぐ》いで顔を隠した者から受け取ったことがあった。振り返るともうその者はいなかったから、役人に見つかることを恐れて別の場所に移ったのだろう。それによれば、維新の功労では薩摩に次ぐと見られている長州出の政府高官たちは、一番手の薩摩出の高官たちと仲のいいふりをしているだけで、隙あらば失脚させるか、密かに斃《たお》して上席に座ろうとしている、薩長の高官たちの間では陰険な権力争いが渦巻いているのだと書かれていた。だとすれば――

十

田中は阿佐に礼を言い、西郷の屋敷へと急いだ。

「大変です」

熊吉に取り次ぎを頼むと、

「例の女を見つけたとね？」

相変わらずの仏頂面で念を押した。

「それもあります。でも、他にもっと大事なことが――」

「待っちょくれ」

西郷の部屋から戻ってきた熊吉は、

「あっちじゃ」

田中に廊下を歩かせた。

田中は足を震わせつつも、少々うれしかった。

――ゴン助の世話係の肥沼はこのところ、先生の部屋に出入りしているだろう。ああ、でも、肥沼は老松屋には呼ばれたことはないのだろうから、これもあれもの俺はやっぱり、欲張りなのかもしれない――

一瞬浮き立った思いが沈みかけたところで、西郷の部屋の前まで来ていた。障子を開けて、

「失礼いたします、田中作二郎です」

挨拶をすると、

「よう来たな」

ゴン助が腹ばいになっている座布団の横に座っていた西郷は、変わらぬ微笑みを向けた。さすがに部屋の中でもあるし、元世話係である田中に対してゴン助は鳴かない。だが、尻尾も振らず、じっと田中を見つめたまま、僅かに頭を傾《かし》げた。

――もともと偉そうな犬だとは思っていたが、何をしに来たのとでも言いたげなたいした貫禄だ――

「実は――」

田中は声を落として疋田宇兵衛が美保を身籠もらせた相手ではないかと告げた。

「疋田宇兵衛かあ」

西郷は顔を曇らせた。

「お知り合いですか？」

「顔は知っちょるし、昔はよか男じゃった」

――ということは今はよくないということだろう――

ここで田中は美保の出現と矢の襲撃との因果関係を推論したが、

「そいもまあ、なかことじゃぁなかじゃろうが――」

西郷は軽く躱して、

「そんで美保さぁは今、どこにおわすか？」

あくまでも美保探しが先決のようであった。

「これから迎えに行って、楠本先生のところへ連れていくつもりです」

田中はそつなく応えたが、内心、西郷が美保を利用した疋田宇兵衛襲撃説に乗ってこないのが不服だった。

「人の命ばかかってるかもしれんから、よろしく頼んもす」

西郷に頭を下げられると、

――先生はご自分より人の命を先行させている――

胸に熱いものが込み上げてきた田中は、

「はいっ」

大声で応えて、おすずから聞いた美保が姑と住む南八丁堀《みなみはっちょうぼり》の玄助《げんすけ》長屋へと走った。

廊下で田中を見送った熊吉が、茶を入れ替えてくると、

「立ち聞きするつもりはなかとでしたが、あん疋田宇兵衛が例の女や襲撃と関わってるかもしれんという話ば聞きました」

緊張した面持ちで西郷を見つめた。

熊吉があの疋田宇兵衛と言うのは、疋田はその筋ではかなり知られた、兵部省御用商人であったからである。

「疋田の侍の時の名は野原陸蔵《のはらりくぞう》、子どもん頃に両親《ふたおや》に死別、寺に預けられて修行ばしとったが、還俗《げんぞく》して身分を問わん奇兵隊《きへいたい》に入隊、戊辰《ぼしん》戦争をよう戦ってくれよって、勇猛ぶりが〝勤王志士野原陸蔵〟ちゅうて、京都で芝居にもなったそうじゃが、後がいかんなあ」

西郷は珍しく暗鬱《あんうつ》な表情になった。

「疋田宇兵衛と名を変えて、以前の縁故で兵部省御用商人になってからは、居留地横浜に本店を構えなさって、長州人脈を辿《たど》って軍需品の納入をほぼ独占し、えらく儲《もう》けなさったと聞いちょります。長州系の軍人や官吏らは、仲介の労の見返りに疋田から多額の賄賂を受け取ってるんでごわしょうね。何でも、疋田の名を出せば、役人たちは人が殺されていても目ばつぶりよるとか——、長州系のお偉方とこげん仲ですから、持ちつ持たれつで疋田が吉之助さぁを狙ってもおかしくはなかとでしょう?」

熊吉も知らずと苦い顔になっていた。夕暮れ時にたまたま出会って受け取った田中とは異なり、熊吉は日々、取締組の手に渡ったら咎《とが》められる、その手の刷り物をあえて探して

集めていた。それで、なかなか裏世情にもくわしい。

「疋田は〝勤王志士野原陸蔵〟でも演じられる武勇の持ち主で、潔かお人じゃっで。弓は邪道と言うとってよう使いよらんかったそうだ。おいに止《とど》めを刺すのだとしても、まず顔を見せて刀で斬《き》りかかってくるはずじゃ。人任せになどせんじゃろう」

西郷は真剣なまなざしで首を横に振った。

――吉之助さぁらしい庇い立てだが――

熊吉は西郷の清々《すがすが》しい思い込みに感じ入る一方、

――思い込みだけでは、疋田宇兵衛が刺客を放たなかったということにはならない――

疋田黒幕説を完全に払拭《ふっしょく》することはできないと思った。

西郷は疋田についての話を続けた。

「じゃっどん、金にあかせての疋田の驕《おご》りは、とかく人の常とはいえ悪かでな。こげんこつを続けているといずれ、自分で自分の墓穴ば掘りよるぞ。そんしても、奇兵隊の頃から、酒と女に目がなかったと聞いとったが、疋田の相手があの美保さぁだったとはな。何とも不運じゃ」

西郷は堪らない表情で目を瞬き、

――ようは天下の大御用商人疋田宇兵衛にとって、遊びの一人だったんじゃろうからな――

熊吉は目を伏せた。

一方、田中は南八丁堀は玄助長屋の美保の住まいの前に立った。女の高い笑い声に太く力強い男の声が混じって聞こえた。

「孫右衛門《まごえもん》殿、孫右衛門殿、何度繰り返しても良き響きです、母は幸せです」

美保の姑と思われる、ややきんと耳につく声であった。

「東京へ向かっていたわたしは中田宿《なかだ》で、もの凄い豪雨に見舞われ、川止めに遭って何日も宿に足止めされていた時、戦いで九死に一生を得たというのに、もうこれまでかと、たまたま一緒だった洋服職人と悲運を嘆きました。横浜の外国人宅での修業を終えた後、やっと小さな背広専門の店を芝愛宕町《しばあたごちょう》に持ったばかりで、あと少しで念願の子どもが生まれるとのことでした。古河《ふるかわ》に住まう親戚の葬式に参列した帰りとかで芝愛宕町で帰りを待つお内儀のことが気がかりのようでした。川止めがようやく解かれ、こうして家に帰り着き、母上に迎えていただき感無量です」

「会津で頭に怪我をして以来、何も思い出せなくなっていたなんて――それで文一つ書けなかったのですね」

「でも、そのおかげで、会津の弓職人の弟子となり、弓の作り方を叩きこまれました。まだ見習いですが、親方には身寄りの者がいないので、後を継いでくれと頼まれています。それで母上たちをお迎えに来たのです。ところで美保は?」

美保の夫は張りのある声で応えた。

「あら、あら、うっかり言いそびれていましたよ。実家の御両親が性質《たち》の悪い風邪を引かれたとかで、手伝いに行ったのです。でもね、いくら手が足りないからっていっても、いったん嫁に出した娘を頼るなんて、本当に意気地がない人たちですよ。美保さんも美保さんですよ。松村家はこの通りの長屋住まいになって、掃除や煮炊きはこのわたし一人で間に合ってしまうとはいえ、あちらだって似たようなものなのだし――」

――やれやれ、聞きしに勝る、うるさい婆《ばあ》さんだが、実家帰りというのは、たぶん、美保さんがついた嘘だろう――

女の方便《ほうべん》には敵《かな》わないと田中は舌を巻いた。

「そうでしたか――」

引いた夫の語尾に妻への万感の想いが込められている。

――夫はまだ妻の美保さんが恋しく愛《いと》しいとおもっている――

他人事《ひとごと》ではあったが田中はほっと安堵した。

「弓作りの修業が気になりますね。どこが胆なのかしら？　相手が美保さんでなくてつまらないでしょうが、話してくださいな」

母親は息子に話をねだった。

「母上、話は長くなりますよ」

「今後はうちの生業になるわけですから、望むところです」

「わかりました」

こうして美保の夫は、

「弓も矢も胆は竹を割らないように削ることです。竹は生きているので、削る日の時季や天候によるところが大きく、修業を積みつつ、勘を磨かなければならず、これがなかなか大変です。それではまずは弓から。竹を乾かすところからはじめます。この作業は矢も同じです――」

自身の修業の中身を話し始めた。

母と息子の話に聞き耳を立てていた田中には、

――美保さんの夫孫右衛門は会津で弓職人の修業を積んでいた。となると、軽輩とはいえ元旗本で戊辰戦争に加勢したこともあり、敵将中の敵将である西郷先生に矢を射かけたとしても不思議はない。何しろ、長く戦地だった会津に滞在していれば、凄惨《せいさん》な負け戦を目の当たりにして、どれだけ新政府軍への怒りに打ち震えたか、孫右衛門の胸中、察するに余りある――

戦死者たち多数の骸《むくろ》さえ弔うことを許されずに、朽ち果てるままにされていると聞く、会津の惨状が目に浮かぶようであった。

――それに最初に疑った疋田宇兵衛は武器商人、正々堂々の戦いを挑むかどうかは疑問だが、使うなら弓よりも殺傷力の強いピストル銃による襲撃を考えるのではないか？　そうなると、美保さんの夫、孫右衛門の方が怪しい――

ついつい、美保探しよりも襲撃犯探しに注意が逸《そ》れた。

――いかん、いかん、先生の言いつけを守らないと。まずは美保さん探しだ――

頭を拳でごつんごつんと叩いた田中は、口説いてきた男と何度か褥《しとね》を共にした結果、出来てしまった腹の子が流れてしまうという悲劇に見舞われた時、自分ならどうするだろうと真剣に考えてみた。

――女ではない俺には本当の悲しみはわからないかもしれないが、肥沼と行き掛かり上、取り合った幸恵が病で死んでしまった後、墓参りの墓前でばったり出くわした時は、これといった話はせずとも、酒と茶を酌み交わし合い、互いに大切な存在を失った悲しみを分かち合うことができた。癒された。ということは、美保さんはやはり――

赤坂にあるという疋田の別邸へ足を向けたのではないかと思われた。

――あの時、俺と肥沼は救いようのない喪失感を埋めることができたが、美保さんの場合は一縷《いちる》の望みを抱くことで、ようやく足が疋田の別邸に向いたのではないか？――

田中は重く沈んだ気持ちで疋田の別邸を訪ねた。西郷の印籠《いんろう》を見せたので、出てきた妾《めかけ》と思われる、狐顔《きつねがお》で顎《あご》のしゃくれた年増に追い払われることはなかったものの、

「いらっしゃいましたよ」

憎々しげに紙に描かれた美保の顔を見て、

「でも、そういう女、旦那様には幾らでもいるんです。旦那様はその手の遊びの時はたいそう気前がいいんで、たいていは人力車代という名目でそこそこの金子を渡してお引き取り願ってます。このやり方、横浜の奥様に倣《なら》ってるんですよ。ああ、でも、その女は断ったわね。涙顔になっちゃってたから、妻にしてやるなんていう、あの男らしい寝物語を信

じたんでしょう。お金は邪魔にならないんだから、貰っとけばいいのに。愚かだわね」

ふんと鼻で笑った。

予想はしていたとはいえ、

——見目形のいい女に生まれなくてよかった——

田中は彼らしい感慨を抱きつつ、

——気の毒に、傷は深い——

重い気持ちで疋田の別邸を出た。

——こんな時、美保さんだったらどうする？　おそらく間違いなく——

田中は料理屋中里での美保の友である、おすずの住む長屋へと走り出した。

——しまった、気がつかなかった——

おすずの家の前まで来ると、

「こんなになってはもう駄目よ、死んでしまう。お医者に診せなければ、駄目」

叱りつけるようなやや大きなおすずの声が聞こえて、

「いいんです、もう、わたし。姑を疎《うと》ましく思っただけじゃなしに、とうとう夫を裏切ってしまったんですもの、罰が当たったんです。このまま死なせてください」

美保の細い声が応えた。

田中は声を掛ける間もなく、油障子を引いて中へと入ると、板敷の上で蹲っている美保に駆け寄った。

美保の着物の裾《すそ》に血が染み出ている。

「イネ先生がたいそう案じています、さあ」

田中は屈んで背中を美保に向けた。

「美保ちゃん」

おすずがぐったりしかけてきている美保を抱きかかえるようにして、何とか立たせて田中に背負わせた。

「美保ちゃんをくれぐれもよろしくお願いいたします」

おすずは深々と頭を下げて二人を見送った。

十一

美保の手当をしたイネは、

「流産のせいもありますが、身体が弱っていた上に心労が祟《たた》ったのです。とかく女の身体は繊細なものですから。しばらく、休んでいれば良くなります。大事に到る前に見つけてくれて有り難うございました」

ほっとして田中に礼を言った。

この経緯《いきさつ》を聞いた西郷は、

「よか、よか、本当によか」

しばらく瞳《ひとみ》を濡《ぬ》らした後、美保を見舞った。

「しっかり、イネ先生の言うこつば聞き分けて養生しやんせ」

西郷が労《いたわ》る言葉を口にすると、

「こんなわたしが、生きていていいのでしょうか？」

まだ青い顔の美保は、病衣に着替えさせられる時も離さず握りしめていた文を西郷に見せようと渡した。

「これは普段から月のものが遅れがちとはいえ、もしやと思っていた矢先、中里へ仕事で出ようとしたわたしに姑が渡してきたものです」

文には以下のようにあった。


美保さん、あなたは今、身籠もっていますね。孫右衛門は何年もいないので息子との子ではないでしょう。わたくしも女ですもの、女の身体のことは察しがつきます。月のものの遅れと、子を宿した時の違いくらいわかります。あなたは気づいていなかったかもしれませんが、気分が悪く戻すこともある悪阻《つわり》が起きる前というのは、無闇矢鱈《むやみやたら》に食が進むものなのです。わたくしもそうでした。きっとあなたも同じでしょう。このところのお釜の炊いたご飯の減り方といったら――。

わたくしは懐妊やそれに伴う大食を咎《とが》めているのではありません。この文を読んであなたに決めてもらいたいのです。

信じたい気持ちはまだ充分ありますが、わたくしとて、これほど長く帰って来ない息子が生きていると思っているわけではありません。亡くなっているかと思うこともあります。

息子が亡くなっていれば、もはやあなたは不義密通を犯したことにはなりません。ですので、あなたはわたくしや亡くなっているかもしれない息子のことは考えず、今のお相手、お腹の子の父親と添うてもよいのです。わたくしはあなたとお腹の子の幸せだけを祈っています。

どうか、わたくしたちのことで苦しまないでください。

最後にあなたが恥を忍んで、わたくしのために中里から運んでくれた折り詰めは、口ではいろいろ申しましたが、あなたと一緒に食べられたこともあり、とても美味しく、楽しい時でした。一生の思い出になるほど有り難く思っています。

繰り返します。

あなたは自分の幸せだけを考えてください。

ひで代

美保様

「よか姑さんでごわすな。こん文をおいに預からせてくいやんせ」

読み終えた西郷の目はまだ濡れていた。

この後、田中は西郷に頼まれて再度玄助長屋を訪れ、ひで代だけにそっと美保の様子を告げた。

「まあ、可哀想《かわいそう》に、そんな大変なことが――」

ひで代は目に袖を当てつつも、

「まだ嫁は知らないはずです」

息子の無事な帰還と弓矢職人への職変え、会津への移住の決意を話して、

「嫁なのだから、一緒に来てほしいと伝えてください、是非、是非」

何度も頭を垂れて田中に頼んだ。

これを聞いた美保は、

「このわたしにそんなことが許されていいのでしょうか?」

見舞いに来ていた西郷に訊いた。

「おはんは長い夢を見ちょったんじゃろ、じゃから、イネさぁのとこに、今、こんしてるのも、おいと話ばしとるのもきっと夢の中なんじゃよ、ただ夢、全《すべ》て夢。夢ん中のこつを咎めるもんはどこにもおらん。おはん自身も引け目に思わんでもよかよ。夢じゃっから、いずれ覚める。イネさぁもおいも、こん田中も、もう、おらん。そん時は御亭主と姑さんと一緒に会津ば居るはずじゃ――」

諭すように優しく言い聞かせて西郷は美保に背中を向けた。

充分な養生を終えた美保は婚家へと戻った。迎えた夫孫右衛門は感激感動の余り、一瞬、言葉を失ったが、姑のひで代の方は、

「あなたも弓矢職人のおかみさんになる覚悟をお持ちなさい」

会津行きをさらりと告げて、

「もう、御両親のお加減はよいのでしょう？　こちらにいるうちに御両親の孝行ができてよかったじゃないですか、これもきっと、御先祖様や神様のなせる賜物だわ、そうよねえ、美保さん――」

片袖を目に当てて見せると、舅の位牌《いはい》と神棚《かみだな》に水の入った湯呑みを手向けた。

こうして夫や姑の深い愛に包まれた美保は、早々に会津へと旅立って行った。

田中は妻と母を迎えに東京に来た孫右衛門が、途中、川止めの折、共に案じ合ったという、背広専門店テーラー伊藤《いとう》の主から話を聞いた。西郷が襲われたのはこの川止めの時期と重なっていたことがわかり、孫右衛門への疑いは無くなった。

「犯人はいったい、どこの誰なのか？」

そんなある日の早朝、目が覚めた田中が夜具にくるまったまま焦《じ》れて呟くと、このところ、同居していて、隣りで寝ている肥沼がそういえばと思い出した。

「これは偶然なのかもしれないが、近隣の農家が届けてきたシイタケの籠《かご》の中身に、ツキヨタケが混じっていたことがあった。熊吉さんはシイタケは先生の持病に効き目があると信じていて、この時季、三度の膳《ぜん》に欠かさない。先生がツキヨタケを口にしていたら、大

事に到るところだった。幸い茸《きのこ》にくわしい熊吉さんが見分けて事なきを得たが――」

シイタケに酷似したツキヨタケは激しい腹痛、下痢《げり》、幻覚をもたらし、量が多かったり、子どもが食べたりすると命に関わる毒茸である。

肥沼はさらに話を続けた。

「それから、今時分、鳥鍋好きの先生はセリを葱の代わりに食されることもあるだろう？　秋のセリの葉は春に比べて固いが、独特の香りは変わらないとおっしゃって。夕餉が鳥鍋と決まると、秋セリ摘みは俺たち書生たちの仕事なのだが、シイタケの時と同様、摘んだセリがドクゼリだった。これも熊吉さんが気がついて、うっかり間違えて摘んだ者を厳しく叱っていた」

「ちょっと待て、ツキヨタケは確かにシイタケそっくりで間違えやすいが、ドクゼリは生えている場所がセリと似通っているだけで、春先の葉は多少似ていても、今頃のものとなるとはっきり違いがわかるはずだ。何より、セリにある特有の香りがない。叱られた者は間違いを認めたのか？」

田中は訊いた。

「相手があの熊吉さんなので黙って頭を垂れていた。だが、後で〝違う、違う〟と泣くように呟くのを聞いた」

「それとツキヨタケなどよりも、ドクゼリの方がずっと危ない」

お浸し等の量でもドクゼリを食すると、痙攣《けいれん》、呼吸困難、嘔吐《おうと》、下痢、腹痛、眩暈《めまい》、意識障害等が起こり、死に至ることが多い。

「これらは襲撃の前のことだろう？」

田中の念押しに、

「そうだ」

肥沼は大きく頷いた。

「ツキヨタケ、ドクゼリの次が矢だったのだろう。下手人は先生の動きを見張ることのできる者だ。思い当たる者はいないか？」

田中の言葉に、

「俺が雇われるまで、このようなことはなかったと聞いた」

肥沼は端正な顔を歪《ゆが》めた。

「何もおまえの仕業《しわざ》だなどとは言っていないぞ。おまえはあの時、人力車を曳いていて矢を射られるはずなどない。それは俺も同じだ」

田中はきっぱりと言い切ったが、

「書生仲間の中にいるとも思えない」

肥沼は憤然《ふんぜん》とした面持ちで、

「だが、この俺も含めて、身の潔白を晴らすには、真の下手人を見つけ出すしかない。こうしてはいられない、今が朝なのが何とも有り難い」

夜着を剝《は》ぎ捨てるようにして立ち上がった。

只《ただ》ならぬ肥沼の様子に、

「待て、俺も行く」

田中は後を追った。

肥沼の足は、西郷が襲われた築地居留地近くへと向かっている。

「先生が射かけられた場所はもう調べただろう？」

田中が後ろから声をかけると、

「もっと徹底的に調べたい」

前を行く肥沼は怒鳴り返してきた。

目的地に着くと、

「このあたりに潜んでいたのだと思う。ここからなら射かけて充分仕留められる」

田中は自分の人力車に西郷を乗せていた、向かって右手の草地に立った。

「おまえはそこをもう一度調べてくれ。俺はこちらを虱潰《しらみつぶ》しに調べる」

肥沼は左手の草地に仁王立ちになった。ゴン助と共に曳いていた二人乗りは左手の草地に近かった。

「しかし、そこからでは遠すぎる」

田中は首をかしげたが、

「弓の名手ならば、あえて先生の乗っていた人力車から遠い左手に潜んでいても、射抜く自信があったはずだ」

「そういえば――」

田中はあの時の一瞬を思いだした。西郷を庇ったゴン助の背中を射た弓矢は、左でも右でもなく、一度空高く上がって落下してきたようにも見えた。

――たしかに名人ならば、風の強さも計ることができて、できぬ技でもないだろう――

「わかった、そっちを探そう」

それから二人は枯れかけた丈の高い草の間を縫って証探しに努めた。

しかし、これといったものは何一つ見つからない。

――そもそも一度は調べた場所なのだし――

「そろそろ土と草の境が見えにくくなってきた」

かあかあと鳴いて、ねぐらに帰る烏《からす》の群れを見上げて田中が呟いた。

陽も暮れかかってきている。

――それに冷える――

中腰を続けていたのでその辺りの感触は麻痺《まひ》してきていたが、鼻水が出てきて風の冷たさだけはわかった。

この時、

「あった、あったぞ」

肥沼の大声が上がった。

十二

田中は下半身を引きずるようにして肥沼の許へ突進した。

「これだ」

肥沼は手にしていたものを掲げた。

かろうじて矢筒に書かれた文字が見えた。

「何と――鯨海酔侯《げいかいすいこう》」

田中は絶句した。

鯨海酔侯とは維新に尽力した土佐《とさ》藩主山内容堂《やまうちようどう》が御一新後に自らを称した名であった。若かりし頃は武芸に秀でていて、特に弓道は吉田《よしだ》流を極め、家臣たちにも推奨《すいしょう》していた。

「となると深いな、これは」

田中は寒さのせいばかりではなく全身が震えた。

「たしかに」

幕末期の山内容堂は勤王と佐幕の間を巧みに泳ぎきり、一時は西郷の率いる薩摩藩とも敵対したことがあった。

「山内容堂は新政府の重職に就いたものの、かつて家臣や領民であったような身分の者とやっていくことができずに、すぐに辞職している。その後は鯨海酔侯よろしく、徳川邸の一つを買収したり、別邸を持っての隠遁贅沢三昧《いんとんぜいたくざんまい》、日々、酒色に明け暮れている。この分ではいずれ全てを失うだろうという評判だったが、このような企みがあったとはな」

肥沼は眉を寄せた。

「ここまでの御仁が関わっているとすると、容易に襲撃は止むまい」

田中は墨を流したような真っ黒な空を見上げた。倣《なら》った肥沼は、

「雲行きがおかしくなってきた」

ふと洩らし、田中は、

「先生は神無月《かんなづき》の丑《うし》の日に必ず、好物の鯛《たい》の丸あげ煮を老松屋で召し上がる。これを敵に知られているとしたら――今日は丑の日だ」

すでに走り始めていた。肥沼が続く。

二人は老松屋の裏木戸からなるべく音を消して忍び込んだ。

奥座敷へと続く廊下が見渡せる裏庭に潜んでいると、

「まあまあ、先生、お待ち申し上げておりました。神様が出雲《いずも》へお帰りになってしまい、商売繁盛の神様である恵比須《えびす》様だけがお残りになるのだから、うちでも恵比須様ならぬ先生に精一杯のおもてなしをと考えて思いついた、神無月ならではの品書きでございます」

女将のたかが朗らかな応対で迎えている。

「この東京は江戸の頃から今時分、鯛が高こうていかん。薩摩じゃぁ、鯛はこうまで高くはなかよ」

恵比須講には鯛料理が付き物で、この時期、鯛の値は高騰《こうとう》していた。そもそも鯛は関東

から西の暖かめの海に多く生息している。

「ちょうど今日は運良く、先生好みの小さな可愛い鯛が入りました」

「楽しみじゃな」

西郷は弾んだ声を出した。

——このままのどかに、鯛の丸あげ煮とやらを召し上がっていただきたいのはやまやまなのだが——

田中と肥沼はさっと風のように裏庭の五葉松の裏から、廊下へと駆け上がって、西郷とおたかの行く手を遮《さえぎ》った。

おたかは青ざめ、西郷は大きな目を見開いたが声は出さなかった。

田中は二人がこれ以上廊下を進まないようにと両手を前に突き出し、頭を下げた。西郷とおたかは揃って大きく頷いた。

田中は肥沼を振り返った。

——行くぞ——

目で合図した。

西郷とおたかをその場に残して、肥沼と共に進んだ田中は奥座敷の障子を開けた。

そのとたん、ピストル銃の発射音が聞こえ、田中と肥沼が避《よ》けたせいで、弾は裏庭の灯《とう》籠《ろう》を掠《かす》めて土に落ちた。

天井から人とピストル銃が降ってきた。田中が投げた匕首が相手の利き腕に刺さったのである。

「おのれ」

相手は苦悶《くもん》の形相で立ち上がると、西郷とおたかがいるのとは反対の方向に走った。

田中と肥沼が追う。

突き当たりは壁のはずだったが、相手がどんと身体をぶつけると、壁が扉のように外へと開いた。

「そこまでじゃ」

川の流れる音が身近に聞こえて、洋灯《ランプ》を手にした熊吉が書生たちを率いて立っていた。

こうして襲撃犯にして元土佐藩士竹内角左衛門《たけうちかくざえもん》は捕縛されたが、鯨海酔侯、元土佐藩主との関わりは一切認めなかった。

たしかに当人は小袖姿の、一見どこにでもいそうな小柄な平民風であった。

犯行の理由は、口入屋の世話でかねてより敬愛の極みである、大西郷の犬の世話係に応募したものの、ゴン助に吠え立てられてこれが叶《かな》わず、世話係に雇われた肥沼丸太郎が元徳川の家臣だったという事実を知り、立腹してのことだと言い張った。

得意とする弓による襲撃だけではなく、ツキヨタケやドクゼリの一件も認めた。

鯨海酔侯と書かれた矢筒の証は、盗んだ物だと言い通した。

そして、襲撃犯竹内角左衛門は、

「坂本龍馬さんが御一新のために、労苦を惜しまず、見返りを期待せず、あれほどの任を果たしたというのに、我ら土佐者は新政府に冷遇されている、これは不当だ」繰り返し言い募《つの》り、これは遊興しか憂さ晴らしの道がない、藩主容堂の心境に通じるものがあった。

また、鯨海酔侯こと容堂が自暴自棄的な社交好きで、新政府の高官が美酒や美女等の豪華なもてなしを受けているがゆえに、竹内角左衛門との関わりが追及されないのだという噂も流れたが、ほどなく立ち消えになった。

この騒動で西郷は鯛の丸あげ煮を食べ損ね、次の丑の日に再び老松屋を訪れた。

「これは何とも美味そうじゃ」

伊万里焼《いまりやき》の八角《はっかく》大皿に鯛の丸あげ煮が載っている。

「今日も可愛い鯛があって何よりだな」

鯛の丸あげ煮は、内臓を除いて綺麗に洗い、醬油《しょうゆ》で下味をつけた鯛の腹に、絞って葛《くず》を加えた豆腐を詰める。その後、小麦粉をまぶして腹を木綿糸で縛り、熱した胡麻油《ごまあぶら》でじっくりと両面を色よく揚げていく。

揚げたてを醬油だけで供するもよし、薬味に大根下ろし、唐辛子、葱のみじん切りを用いても美味であった。

西郷はゆっくりと鯛の丸あげ煮に箸《はし》を動かしながら、楠本イネから届いたばかりの文に目を落としていた。

イネでございます。

過日は患者探しなどという、無理なお願いをお聞き届けいただきありがとうございました。

おかげで美保さんと御家族は新しい門出を迎えることができました。

それだけの御礼を書くつもりで、筆を取りましたが、なぜか、勝手に筆が動いてしまっております。

おそらく、文をお届けするお相手が誰にでもお優しい先生だからでございましょう。

わたしが美保さんのことがあれほど気になったのには理由がございます。

わたしには一人、娘がおりますが、望んで生まれたのではありませんでした。

恩師と仰いでいた、さるお方に無理やり――、そして、十月十日を経て娘は生まれたのです。

我が子には誰でも手を焼くことがありますが、わたしの場合は望んで生まれた子ではないがゆえに、これほど娘とぶつかるのではないかという想いがずっとつきまとっておりました。

以来わたしはずっと独り身を通してきていますが多少の恋は知りました。大村益次郎先生と出会って、密《ひそ》かにお慕い申し上げるようになってからは尚更《なおさら》でした。大村先生の子ならばと、心のどこかで娘を生んだことを後悔していたのです。

娘が医術を好まず、三味線や琴等の習い事や化粧等の身繕《みつくろ》いばかりに夢中なのを案じ、強い言葉を投げることも多々ありました。罪深いことに、あの時娘が生まれずに流れていたらと思うことさえあったのです。

ですので、薄々、事情があると察しがついた、あのような美保さんを診た時、これでよかったのだと思いました。

ところがその思いが続きません。

やはり、どのような相手、事情であれ、助けられる命なら助けたかったという気持ちになったのです。

行方知れずのまま、美保さんが荒《すさ》んでいくのがとても案じられました。

美保さんの場合は幸運にも見つかって、家族が、特にお姑さんまでもが、温かく迎えてくださるとわかって、どんなに安堵したかしれませんが、たとえそうでなくとも、母にさえなっていれば、心が強く鍛えられて、越えられる壁もあるようにも思えました。

この時、わたしは娘を産んではじめて、心から娘を愛おしいと思えたのです。

先生はしきりに、美保さんの身に起きたことを夢だ、夢だとおっしゃったそうですが、今、はっきりとわたしの大村先生への想いも、見果てぬ夢だったのだと気がつかされました。

わたしはもう恋という名の夢はみないことと思います。

何年か先には、医師の免状が国家試験を受けなければ取得できないようになるとのことで、わたしに女医の一番乗りを目指すようにとの周囲の期待があります。けれども、わたしはもういい年齢なので、自分が医者として死ぬまでに、どれだけ患者さんのためになれるだろうかと考えると、国家試験の勉強にかける時が惜しいのも事実です。

どちらにしたものか、悩んでおりましたが、美保さんのこと、先生にお目にかかれ、そのお人柄に触れさせていただけたことで吹っ切れました。

先生ほどの地位のお方がこれほど無欲でお優しいのですから、わたしのような者はもっと謙虚になるべきだと悟ったのです。

いずれ産科医と呼ばれなくなろうとも、生涯産婆《さんば》の心意気で、習い事好きで洒落者《しゃれもの》の娘と共に生きて行く決意ができました。

先生は美保さんにだけではなく、わたしたち母娘にも幸せをくださったのです。

ほんとうにありがとうございました。

楠本イネ

西郷先生

読み終えた西郷は鯛の丸あげ煮を綺麗に背骨だけにして、皮一つ残さずに完食していた。背骨だけになった二尾の鯛をじっと見つめて、

「縁ある者同士は、たとえ骨になっても仲ようせんとな」

大きな目をやや細めて微笑んだ。

霜月《しもつき》に入り十二日目に、大久保利通ら使節団は横浜から米国へ向けて旅立った。

〈参考文献〉

『明治時代館』宮地正人・佐々木隆・木下直之・鈴木淳監修（小学館）
『牛肉と日本人——和牛礼讃』吉田忠著（人間選書　農山漁村文化協会）

本書は、時代小説文庫（ハルキ文庫）の書き下ろし作品です。

時代小説文庫
わ 1-45

特命見廻《とくめいみまわ》り 西郷隆盛《さいごうたかもり》

著者 和田《わだ》はつ子《こ》

2017年12月28日第一刷発行

発行者 角川春樹

発行所 株式会社 角川春樹事務所
〒102-0074 東京都千代田区九段南2-1-30 イタリア文化会館

電話 03(3263)5247[編集] 03(3263)5881[営業]

印刷・製本 中央精版印刷株式会社

フォーマット・デザイン＆シンボルマーク 芦澤泰偉

ISBN978-4-7584-4144-5 C0193

http://www.kadokawaharuki.co.jp/[営業]
fanmail@kadokawaharuki.co.jp[編集] ご意見・ご感想をお寄せください。